集英社オレンジ文庫

宋代鬼談

中華幻想拾[illegible]

宋代鬼談 中華幻想検死録

もくじ

いびつな食卓 9
首のない男 97
あとがき 264

蕭心怡（しょうしんい）

川に身投げをしたために水鬼となりその地に縛られてしまった青年。人の世で三年間悪事を働かなければ輪廻の輪に戻れるという。そのために梨生の従者となる

白梨生（はくりせい）

科挙に合格し、地方官として養老県に赴任した青年。任地へ向かう道中で水鬼の心怡と出会い、彼の見届け役になる。心優しい性格で、己より他人を優先しがち

徐智頊（じょちぎょく）

梨生が赴任した養老県の知県（県の長官）で、梨生の上司にあたる。二十代半ばの美貌の青年

劉開武（りゅうかいぶ）

養老県の軍事・警察行政を統括する県尉。三十代半ばで豊かな顎髭が特徴。酒癖は滅法悪い

董彩華（とうさいか）

梨生を招くため、養老県の実力者・袁の使者として県庁を訪れた女性。夜の深淵を思わせる瞳の持ち主

イラスト／宵マチ

宋代鬼談《そうだいきだん》

中華幻想検死録

いびつな食卓

頭上で輝く太陽が、容赦《ようしや》なく肌を焼き、その熱で、目に映る風景を霞《かす》ませる。梨生《りせい》は、ひたいをぬぐった。手の甲が、びっしょりと汗に濡《ぬ》れた。

「暑いな……」

梨生は思わずつぶやき、小さな笑いをこぼした。暑いのは当然だ。いまは、そういう季節なのだから。

むしろ、都を発《た》ってからの八日間、移動中ににわか雨に見舞われなかったことに感謝すべきだった。

しかし――。

梨生は、首を巡らせて、自分のあとに続く二人の家僕《かぼく》に目を向けた。

陽《よう》と泉氏《せんし》。

双方が齢《よわい》五十をすぎた老夫婦は、それぞれのロバに乗り、照りつける太陽の熱を避けようと首《こうべ》を垂れている。

「すこし休もうか」

陽たちのロバと自分の馬にも休息を与えてやらなければいけない、と考えて、梨生は二人に向かって提案した。

ちょうど、流れのゆるやかな川のほとりを歩いていたこともあり、三人は即座に道を外れ、道よりも一段低くなった川原に降りた。

砂地に砂利が転がる川原には、背の高い細い木が五、六本まとまって生えている。その下に落ち着いた梨生は、木の枝に馬をつないだ。馬も、びっしょりと汗をかいていた。

――拭《ふ》いてやろう……。

梨生は手ぬぐいと竹筒を持ち、ぐったりと木陰《こかげ》に座りこんだ陽たちに声をかけた。

「水を汲《く》んでくるよ」

「旦那《だんな》さま、それは私が――」

陽が、あわてて身を起こそうとする。

梨生は、手の動きで陽を制した。

普段ならば、前言をひるがえすことのない陽も、今日ばかりはあっさりと従う。

無理もない。真夏の旅は、高齢の陽たちにはきつすぎる。

しかし、陽たちを叔父《おじ》の家に置いてくるという選択肢《し》はなかった。

もちろん、陽たちの面倒を見てくれ、と頼めば、叔父は承知しただろう。十歳のときから、亡き父母に代わって梨生を育ててくれた叔父は、神経質で金もうけに熱心な男だったが、少なくとも不誠実ではなかった。梨生が父母から受け継いだ田畑や家屋敷を自分のものにする代わりに、梨生には科挙《かきょ》を受けるために必要な教育を与えてくれた。その際に、これは正当な取引だ、と叔父は主張して、名が通り、実績のある家庭教師を屋敷に招いた。

梨生は、さいわい二十歳《はたち》前に科挙に合格し、主簿《しゅぼ》の職を得て、こうして赴任地《ふにんち》の養老県《ようろうけん》へ向かっているが、科挙合格の平均年齢は、およそ三十代半ばと言われている。つまり、あと十数年は、高額の謝礼を家庭教師に払い続ける必要があったかもしれない。

だから、梨生の父母に仕《つか》え、父母亡きあとは梨生に仕えてきた陽たちが、そろそろ落ち着いて暮らせる終《つい》の棲家《すみか》がほしいと望めば、なんらかの物、もしくは労働と引き換《か》えに、用意してくれたはずだった。

だが、陽たちは、足腰が立たなくなるまで梨生に仕えたいと望んだ。梨生も、これまでどおり、陽たちとともに暮らしたかった。もしも、陽たちが体を壊し、あるいは高齢のために足腰が立たなくなっても。

だから、ともに赴任地へ向かうという選択はまちがっていない。

梨生は、軽やかな足取りで川辺へと向かう。

理路整然とした叔父と、陽たちのような忠義な家僕を持つ自分は幸福だ。たとえ十歳の年に、優しい両親と二つちがいの弟を流行病《はやりやまい》で亡くしていても。

川辺に行きついた梨生は、きらきらと光る川面《かわも》に目を細め、水ぎわの濡れた砂に足をとられないように注意して膝《ひざ》をかがめた。ちゃぷちゃぷと岸辺に寄せる水に、すこしばかり靴が濡れる。

頭上から照りつける太陽の熱は、あいかわらず苛烈《かれつ》に梨生の全身をあぶったが、川面を渡る風は、かすかな涼しさを感じさせた。

——こんなに暑くなければ、風の心地よさにも気づかなかったかもしれないな……。

梨生が微笑《ほほえ》み、水筒代わりの竹筒の栓《せん》を抜いたとき。

ふ、と視線を吸い寄せられた。

河の中ほどにある大ぶりな石の上に、小さな子猫が座っていた。

「なんで、あんなところに……？」

梨生は首を巡らせた。

近くに、親猫がいないかと考えたのだ。

けれども、最初に気づいた子猫の他は、なにもいなかった。

子猫は、とくに怯《おび》えている様子はなかった。それどころか、梨生の視線に気づくと、みい……、と愛らしい声で鳴き、おぼつかない足取りで梨生に近づこうとしはじめる。

「あ、危ない……！」

梨生は立ち上がり、子猫に向かって足を踏み出した。目視したかぎり、自分と子猫のあいだの川底は、さほど深そうに見えなかった。その感覚が、梨生の反射的な行動を加速させていた。

だが――。

ばしゃばしゃと水を踏んで流れを渡り、石の上の子猫を両手で捉《とら》えた瞬間、梨生の最後の一歩が、ずぶりと深みに沈んだ。

あまりに落差の大きな深みだったため、浅瀬に残ったもう片方の足が、強すぎる衝撃に負けて、梨生の体を支える役目を放棄《ほうき》した。

つまり、膝が抜けた状態になったのだ。

かっくん――とまぬけな感覚が膝から全身に広がり、梨生は、しまった、と思った。

そのときには、もう水の中に倒れ、さほど強くもない流れに押されて、川の中央まで運ばれていた。

けっして大川ではないが、それなりに川幅は広い。しかも、上流で雨でも降ったのか、真夏にしては水量が多い。

加えて、梨生は、きっちりと衣服を着こみ、靴を履《は》いていた。

さらに、両手で子猫をつかんでいた。

あるいは、子猫を放せば、なんとか岸まで泳いで戻れたかもしれない。

けれども、梨生は、子猫を水から出そうと両腕を上げた。

梨生と子猫は、ほどなく水に没した。

――すまない、子猫……。

鼻から、口から、耳からも、目からさえも水が流れ込む。恐ろしいような苦しみと圧迫感を覚えながら、梨生は頭の隅で詫《わ》びた。

もう自分は死ぬのだ、と思った。

死の瞬間には、いま以上の苦しみがあるのだろうか。それとも、人の世を抜け出て、別の世界に行くような感覚――たとえば門をくぐるような、かるい緊張と高揚《こうよう》が胸に生じたりするのだろうか。

それとも、光が見えるのか――？

そう考えたとき、絶え間なく水に洗われ、痛みをともないながらふやけた梨生の視界に、本当に淡い光が広がった。

光は、ほのかな温みをもって梨生の体を包んだ。

ふっ、と呼吸が楽になり、梨生は水の中にいながらも、空気の膜《まく》につつまれて、息ができる状態になっていた。

――猫は……⁉

あわてて手元を見ると、子猫は梨生の手の中で、心地よさそうに喉《のど》を鳴らしている。

どうやら、子猫も陸上にいるときと同じように呼吸ができている様子だ。

梨生は、淡い光を帯びた空気の膜に包まれ、水の中を揺蕩《たゆた》いながら、ゆるりと首を巡らした。その視線の先——わずか一寸《ちょっと》の場所に、ふいに赤黒く膨《ふく》れ上がった男の顔が現れた。

「…………っ！」

梨生は息を呑《の》んだ。

同時に、目を凝《こ》らして、男の顔を見つめた。

男は、膨れた顔から押し出されかけているかのように飛び出た目と、口角から鋭い歯の覗《のぞ》く、大きく裂けた口を備えていた。ざんばらの髪は長く、風に揺れる枯れすすきのように水の流れに揺れている。

衣服は、簡素で暗色《あんしょく》だ。官吏《かんり》や商人ではなく農民のもののようだ。

——水死体……、……じゃない……な。

梨生は、自分の出した結論にうなずく。

水死体にも鬼にも似た、その人物は、灰色の濁《にご》った眼《め》で、しっかりと梨生を見つめていた。

梨生が、その人物を見つめているように。

「すまないな、旦那」

水死体に似た男がだしぬけに詫びた。

「あんたに恨《うら》みはないが、ここで死んでもらう」

水死体に似た男は、苦しげだった。

梨生は思わず、くるりと眼球を動かした。

「つまり、わたしはまだ死んでいないのかな？」

男は顔をしかめた。口が歪《ゆが》んで、恐ろしげな顔が、いっそうの凄《すご》みを帯びる。

「…………まあな。旦那はいま、オレが作った空気の膜の中にいるからな」

「では、君がわたしを助けてくれたのか？」

「……いや、助けたわけじゃない。これから殺すんだ」

「どうして？」

「オレが生き返るためだよ！」

男が苦しげに、自分を叱咤《しった》するような声音《こわね》で叫んだ。

そうか――と梨生は思った。わざわざ助けたうえで殺すというのは、面倒なことのように感じられたが、男には、そうしなければならない理由があるのだろう。

「わかったよ」

「……わかった？」

「うん。どちらにしても、君が助けてくれなければ、もう死んでいた身だからね。……できれば、あまり苦しくない方法をとってくれればありがたいが」

「それが、旦那の最後の望みか？」

「ん？　君は、わたしの望みをかなえてくれる気があるのかい？　それならば、この子猫を助けてくれないか？」

「……猫？」

男が、飛び出し気味の眼球をぎょろりと動かし、梨生が両手でつかんだ子猫に目を向けた。

子猫は、ふーっ、とするどく呼気を吐いて男を威嚇《いかく》した。

男は、わずかに身を引き、眉《まゆ》をしかめて首をかしげた。

「なんで、猫を助けるんだ？」

「この子は、川の中の大きな石の上にいたんだ。……危ない状況だったから、もっと安全な場所に移してやりたかった。しかし、わたしのせいで、かえって危険な目に遭《あ》わせてしまっている」

「それは、……気の毒だったな」

男が歯切れ悪く同意し、ざんばらの髪を水に揺らしながら梨生に尋《たず》ねた。

「……あんたは助かりたくないのか？」

「それは、助かりたいよ。ようやく科挙に合格して、これから皇帝陛下《へいか》と市井《しせい》の人々のために働けると喜んでいたところだからね。わたしが死ねば、川原で待っている陽たちも悲しむだろうし。……けれど、君にも、わたしを殺さなければならない事情があるんだろう？」

「……ああ、そうだ」

「だったらしかたない。水に落ちたのは、わたしの不注意だ。巻き添えになったこの子猫を助けてもらえれば、充分だよ」

「……本当に、充分か？」

「うーん。もうひとつ、頼みを聞いてもらえるなら、やっぱりあまり苦しくない方法でやってくれるとうれしいな」

「……あんたは溺死《できし》するんだよ」

そして、と男が声を細める。

「オレの代わりに、ここで水鬼《すいき》になるんだ」

「水鬼――」

なるほど、と梨生は合点《がてん》した。

実際に会うのも、話をするのも初めてだが、水鬼のことは伝聞として知っている。水死した人間が転じるという鬼だ。

水鬼は、自分が死んだ場所にとどまる。

そして、自分の身代わりとなる『水死者』を待つ。ときには、水辺を通りかかっただけの者を、水中に引きこんで溺死させる。

次の水鬼となるべき犠牲者を、自らの手で作りだして、自身が人間に生まれ変わるために。

それが、水鬼の常道とされていた。

梨生は、ふふふ……と笑った。

水鬼が眉をひそめた。

「なにがおかしいんだ?」

「自分が死ぬ理由を知ったときでも、望みがひとつかなうと知ったときと同じくらい、晴れ晴れした気持ちになるんだ、と思ったら、なんだかおかしくてね」

「……おかしいか?」

「わたしは、ね。……それで、君は子猫を助けてくれるかい?」

「……いいだろう」

梨生は心から微笑んだ。

「……じゃあ、子猫を頼むよ」

梨生は、空気の膜から飛び出さないか、と心配しながら子猫を差し出した。

水鬼は子猫を受け取らなかった。

梨生は、自分が抱《かか》えたままでも子猫が助かる方法があるのか、と考え、子猫を胸に抱えて目を閉じた。

「なあ、旦那。なんで目を閉じるんだ？」

「そのほうが、やりやすいかと思ってね」

「……オレのためか？」

「うん。君は、わたしに最後の幸運を与えてくれた。恩義ある相手だからね」

さあ、と梨生は水鬼をうながした。

う……、と水鬼が唸《うな》る声が聞こえた。

しかし、一向に変化が起こらない。

梨生はたたみかけた。

「さあ」

水鬼はやはり動かない。

梨生は、なおも言った。

「さあ、さあ」

とつぜん水鬼が怒鳴った。

「うるせぇよ!」

次の瞬間、梨生の全身に、大きな手に摑《つか》まれたような圧が生じた。

すぐさま息が詰まり、たちまち視界が暗くなる。

——ああ……、死ぬのか……。

梨生は気を失った。


ぼんやりと視界が明るくなった。

梨生は瞬《まばた》き、目を凝らした。

白くほのかな光に満たされていた視界に、にじむような影が現れ、その影がはっきりと形を帯びていく。

影は、やがて陽の顔になった。陽は泣き笑いの表情を浮かべ、周囲をしわに彩られたつぶらな瞳で、梨生を見つめていた。

「……陽」

梨生が呼びかけると、陽の顔に喜びの色が広がった。

「旦那さま……!!　お気がつかれて、本当によかった……!」

うん、と梨生は微笑んだ。一方で、おかしいな、と思った。

自分の記憶にまちがいがなければ、次なる水鬼になるために溺死したはずだ。

それなのに、目の前には陽がいる。

しかも、呼吸が楽になっている。

陽の顔の向こうには、青く抜けるような夏の空が広がっている。

「……ここは、どこかな?」

微笑んだまま、梨生は尋ねた。

とたんに、陽が不安そうな顔になる。

そんな陽を押しのけて、泉氏の顔が現れた。

「旦那さま、ここは川原です。養老県に向かう途中にある、大きな川のほとりですよ。旦那さまは水汲みに行かれ、足を滑らせて川に落ち、こちらにいる青年に助けられたのです」

泉氏が右手を指した。

梨生は小さく首を動かした。

そこには、十七、八と思《おぼ》しき年ごろの、色白で華奢《きやしや》な青年の顔があった。青年の髪は、わずかに褐色《かつしょく》がかっており、目の色も明るかった。

――西方の血が混じっているのかな……。

梨生は再度、瞬き、ゆっくりと身を起こした。さすがに、自分が川原に横たわっていることはもう知覚できていた。

体を動かすと、ぎしぎしと関節が痛んだが、死んでいるような気はしなかった。

ならば、水鬼との出会いは、溺れた苦しさが見せた幻覚か、意識を失っているときに見た夢なのだろう。

半身を起こし、陽光のためにほのかに熱を帯びた砂利の上に座った梨生は、あらためて青年の顔を見た。そして、深々と頭を下げた。

「助けてくれてありがとう」

「…………いや」

困惑《こんわく》した様子で応じた青年の声は、水鬼の声にそっくりだった。

首をかしげつつ、青年の手元を見れば、膝に乗せる形で、絶妙の配色の三毛の子猫をつかんでいる。

——この子猫は……。

梨生が助けた猫だ。あれが夢でなければ。

「君は——」

「オレは、蕭心怡《しょうしんい》。……以前は博徒《ばくと》だった。けど、これからは旦那の従者だ」

「仕事を探しているそうですよ」

泉氏が、にこにこと笑いながら言い添えた。

「旦那さまの命を救ってくれた恩人ですから、私や夫に異存はありません。お雇《やと》いになってはいかがですか？」

梨生が断るはずはない、と信じ切っている顔だった。夫の陽も同様だ。

そうだな、と梨生は苦笑しつつ応じた。陽と泉氏の後押しを受けた相手を断ることは、実際に不可能だった。

それに、心怡というこの青年が、水鬼の夢とかかわりがあるのかどうかを確かめたかった。おそらく夢だろう、とは思うが、どこかすっきりしない。とはいえ、陽たちの前で、『君は水鬼か？』と問うことはできなかった。

「そうだよ。オレは水鬼だよ」

夜——宿の中庭で、心怡はあっさりと答えた。

都と養老県を結ぶ街道は、あちこちに大きな宿がある。養老県は、都でも名の知れた豪商や学者など、多くの著名人が別邸をかまえる風光明媚《ふうこうめいび》な土地なのだ。

もっとも、梨生たちが選んだ宿は、かなり建物が古くて客が少なかった。絶好の夕涼みの場所なのに、中庭にはだれもいない。

心怡の答えを聞いた梨生は、奇妙な安堵《あんど》を味わうと同時に、新たな疑問を抱いた。

「では、君はいま、……人間に変化《へんげ》している、というわけか？」

この問いに、心怡が首をかしげた。

「どうなんだろうなぁ……。……オレはさ、あのとき、もうあきらめていたんだ。……旦那を殺すのは、オレには無理だと思った。だから、この先も水鬼でいなければならないと覚悟を決めて、旦那を岸まで運んだんだ」

「……どうして、そんなことを？」

梨生は首をかしげた。はーっ、と心怡が深いため息をついた。

「オレはさ、博打《ばくち》が大好きだったんだ。飯よりも、女よりも、なによりも博打がな。けど、弱くて、あちこちに借金ができた。家族に見捨てられて、友達をなくして、毎日毎日、取り立て屋に追い回されるようになった。だから、全部がいやになって、ある日、川に飛び込んだんだ。死んだら楽になれると思った。生まれ変わって、今度はマシな人間になろうと考えたんだ。ところが、生まれ変わるなんてできなかった。死んだときの姿のまま、水底に縛《しば》りつけられて、今度は毎日毎日、身代わりになってくれる人間が流れてくるのを待つばかりの生活になった。……毎日毎日、会ったことも話したこともない、恨みもない人間の死を望んですごすんだ。オレは、正真正銘《しようしんしようめい》のろくでなしだが、そういうのもつらくてよ」

それに、と心怡がまたため息をついた。

「あの川は流れがゆるやかで、なかなか人が流れてこないんだ。オレが水鬼になって十五年くらいたったけれど、流れてきた人間は二人だけだった。……一人は、子供だ。よく働く牛飼いの子供でさ。川べりで牛に水を飲ませている姿を、オレもよく見ていたよ」

「……もう一人は？」

「婆《ばあ》さんだった。見たことのない顔だったけど、薬草の入った籠《かご》を背負っていたから、薬草採《と》りの最中に川に落ちたんだろうな」

「その二人は、どうなったんだい？」

「……オレが助けて、岸に戻してやったよ」

だってよ、と心怡は言い訳がましく語気を荒らげた。

「働き者の子供なんか殺せるかよ⁉　悪さをしたわけでも、ふざけたわけでもない。ただ足を滑らせて川に落ちただけの子供をよ。それに、婆さんだ。もう先も短いのに、余生は水鬼で水の中なんて、あんまりだろう？」

「そうだな……」

「だろ、だろ？　どうせなら、五、六人殺している殺人鬼とか、盗賊とか、詐欺師《さぎし》とか、そういうやつが流れてくりゃいいんだよ。悪徳官吏とか、強欲な商人でもいい。……それなのに、実際は働き者の子供と婆さんだ」

「だが、わたしは、子供でも婆さんでもないよ。だから、……助ける必要はなかったんじゃないかな？」

「……あー、……まあな。……でも、……旦那は、いいやつだったからさ。……オレなんかより、ずっと世間の役に立ちそうだし……。いつかは、オレの心が痛まない悪党が流れてくるかもしれないしな」

けど、と心怡は首をかしげつつ続けた。

「旦那と一緒に岸まで行ったとき、変な光の塊《かたまり》が現れて、オレに言ったんだ」

「なんて？」

「三度の善行には、米一粒ほどの価値がある。その価値に免じて、三年の猶予《ゆうよ》を与える。

三年間、人の世に暮らし、一度として悪事を働かなければ、ふたたび輪廻《りんね》の輪に戻ることを許す。だが、一度でも悪事を働けば、即座に水鬼の身に戻ることになるだろう。白《はく》梨生は、その見届け役だ。白梨生とともに行くがいい――ってさ」

「……わたしと？」

梨生は、自分の顎先《あごさき》を指した。

心怡は真顔でうなずいた。

「旦那は、科挙に合格した官吏だし、たしかに立派な人に見える。オレも、旦那が許してくれるなら、旦那の従者として働きたいと思ってさ。……どうかな？　人間の姿をした水鬼だけど、このまま同行させてくれるかい？」

次第に不安そうな顔になりながら、心怡が尋ねた。

梨生は考えを巡らせた。

心怡が言うところの『変な光の塊』が、心怡の善行を一粒の米にたとえたのは、その善行がささいなものだ、という意味ではなく、米粒の質と環境がととのえば、芽を出して葉を伸ばし、いずれ稲穂になる、という意味だろう。稲穂は、さらに多くの米を実らせる可能性をはらむ。

一方で、米粒が腐っている場合、とうぜん芽は出ない。米粒が植え付けられた田の水が冷たすぎたり、土が瘦《や》せている場合にも、やはり芽は出ない。この場合の水や土は、梨生ということになるのだろう。

——つまり、わたしも当事者というわけだな……。

うーん、と梨生はうなった。

もう心は決まっていたが、責任は重大だ。

そんな梨生を見て、心怡がそろりと尋ねる。

「オレを雇うのはいやかい、旦那？」

「いや……」

「え……っ⁉」

「ああ、ちがう。いやではないが、責任重大だ、と思ってね」

照れたように笑う梨生に、心怡はきょとんとした目を向けた。

「旦那は、普通にしていればいいだろう？」

「そうだなぁ」

梨生は笑みを深めた。

都を離れてから十四日、心怡《しんい》が同行をはじめてから六日後に、梨生《りせい》たち一行は、赴任地《ふにんち》である養老県《ようろうけん》の県庁に到着した。

大きな街道からすこし入った、緑の豊かな一角に立つ県庁は、古いけれども堅固《けんご》な石塀《いしべい》で囲まれていた。門には頑丈な鉄扉《てつぴ》がはめ込まれ、その先にある横長の建物も石造りだ。建物の前には、ほとんどがたつきのない石畳《いしだたみ》の広場があり、おそらくは県庁で働いているのだろう人々がずらりと並んでいた。

彼らのいちばん奥、建物を背にする場所には、居並ぶ人々とは様相のちがう二人の人物が立っていた。

一人は、文官の衣《ころも》に身を包んだ二十代半ばと思《おぼ》しき青年で、遠目にもそれとわかるほどととのった容貌《ようぼう》の持ち主だ。上背《うわぜい》のある体軀《たいく》は、中性的なしなやかさを備えていた。漆黒《しっこく》の髪は艶《つや》やかな輝きを帯びて、白磁《はくじ》のごとく滑らかな肌で形作られた顔貌《がんぼう》を彩《いろど》っている。梨生を見つめる涼しげな瞳は、穏やかな光を放ち、かすかな微笑《ほほえ》みをたたえたくちびるは、極上の紅《べに》のような深みと品のある赤色だった。

もう一人は、三十歳前後の男性で、こちらは武官の衣服を身につけていた。彼は、見上げるほどに背が高く、がっしりとした体格をしている。あごにたくわえられた豊かな鬚《ひげ》は、あちこちの村の入り口で、邪悪を払う神として崇《あが》められている古《いにしえ》の武人を彷彿《ほうふつ》とさせた。

馬から降りた梨生に、美貌の青年文官が、にこやかに呼びかけてきた。

「ようこそ、主簿《しゅぼ》どの。暑い中、長旅は難儀だっただろう。私は、知県《ちけん》の徐智頊《じょちぎょく》。こちらは、県尉《けんい》の劉開武《りゅうかいぶ》だ」

「白《はく》梨生と申します。お出迎えをいただき、恐縮です」

梨生は頭を下げた。

智頊は梨生の背後に目をやり、笑みをたたえつつも首をかしげた。

「失礼だが、……ともなわれたのは三人だけか？」

「はい。家僕《かぼく》の陽《よう》と泉氏《せんし》、それに従者の心怡です」

「そうか」

智頊は、とまどいの表情を消し、得心《とくしん》したような曇《くも》りのない笑顔になった。

中央、つまり都から県に派遣される官吏《かんり》は、およそ三人。県の長《おさ》である知県と、帳簿管理を主《おも》な業務とする主簿、それに犯罪者の捕縛《ほばく》を行う県尉だ。

たいていの場合、そのだれもが三十人前後の家族や使用人を率いている。使用人を雇《やと》い、家族を養う金は、官吏に多少の便宜《べんぎ》を図ってほしいと望む人々の懐《ふところ》から出る。いわゆる賄《わい》賂《ろ》だが、度を越さなければ咎《とが》められることはない。とくに梨生のような地方官は、政治機構における地位こそ低いが、庶民《しょみん》の生活と密接に結びついた官職であるため、甘い汁を吸える機会が多かった。

しかし、本来の主簿の給料では、三人くらいを雇うのが精一杯だ。

梨生は、別に清貧《せいひん》を志《こころざ》しているわけではないが、華やかで贅沢《ぜいたく》な暮らしにあこがれてもいなかった。賄賂を当てにする生活も煩《わずら》わしかった。それに、官吏の副職が許されているので、依頼された画《え》を描いて余分な収入を得ることができた。なによりも、陽と泉氏がいれば、なにも不自由はなかった。

智頊は、そうした梨生の性分《しょうぶん》を、わずか数言の対話で理解した――ように見えた。もちろん、それが梨生の錯覚である可能性も、おおいにあったのだが。

「さて――」

智頊が語調を変え、おそらく別の話題を切りだそうとしたとき。

彼の背後に白い中型の犬が現れた。

県庁の敷地に迷い込んだのか、犬はどこかとまどった様子で足を止める。

梨生が犬を見ると、智頊のとなりにいた開武も、ほぼ同時にそちらを見た。梨生たちの視線に気づき、智頊も振り返った。

犬は、白っぽい碗《わん》のようなものをくわえていた。

犬のかたわらには、十歳前後と思しき少年が立っている。少年は具合が悪いのか、ひどく青ざめ、肩を落としてうなだれていた。

「君――」

梨生は、少年に呼びかけた。

その声に驚いたように、犬が一瞬、体を硬直させ、すぐさまきびすを返して走り出した。

犬の口から碗が落ちた。

からん、と乾いた音が耳に響く。

少年が足を止めた。

犬は走り去った。

少年は、碗のかたわらに、やはり青ざめた顔で、うつむくように立っている。

梨生は再度、少年に呼びかけようとした。

けれども、それより早く、智項が流れるような動きで碗を拾い上げ、しばらく手の上で吟味《ぎんみ》したあと、梨生に差し出した。

梨生は、反射的に受け取った。

少年が、すっと動き、梨生のそばに来た。

もしかすると、その碗は、少年の持ち物かもしれない。犬に持ち去られ、少年は犬を追ってきたのかもしれない。そんなことを考えながら、梨生は智項に倣《なら》って碗を吟味した。

碗は、泥に汚れ、独特のざらつきと光沢《こうたく》をそなえていた。

――いや……、これは……!?

碗ではない、と梨生が思った直後、智項が言った。

「骨ではないか、と思うのだが」

梨生はうなずいた。

たしかに骨だ。

おそらくは、頭頂部の丸い部分を水平に切り取ったものだ。

碗の縁《ふち》に見えた部分に、かすかだが、工具を用いた痕跡があった。

梨生は顔をしかめた。

工具を用いて切断されたものならば、この骨は、尋常《じんじょう》とは考えがたい状況にさらされたことになる。

ならば、骨の主《あるじ》たる人間は？

――殺された？　それとも、死後に何らかの手を加えられたのか？

梨生は、少年の顔を見た。

碗が、彼の持ち物ならば、彼が事情を知っているかもしれない。

だが、少年は、梨生を見なかった。視線を上げることも、わずかに首をもたげることさえせず、ただ青ざめた顔でうなだれている。

「君……」

大丈夫か、と梨生が問おうとしたとき。

同じ言葉を、智頊が口にした。

「大丈夫か、梨生どの？　着任早々、骨を見て、気分でも悪くなったのか？」

「いいえ。ここにいる少年が――」

梨生は言葉を切った。

智頊が怪訝《けげん》そうに眉《まゆ》をひそめたからだ。

梨生は、あらためて智頊の視線の動きを観察した。智頊は、わずかに一度も、これほど近くにいる少年に目を向けなかった。

あえて無視をしているふうもない。

まるで、少年が見えていないかのようだ。

――本当に見えていない……？

梨生は、開武や陽たちの視線の動きも観察した。彼らも一様に、少年に視線を向けず、その存在を知覚していない様子だった。

――わたしにだけ見えている……？

ならば、もと水鬼《すいき》の心怡はどうか、と思えば、心怡はいつのまにか、その場から姿を消していた。

──どういうことだ？

梨生は首をかしげ、よもやと思い、左に大きく動いてみた。

少年も、梨生を追うように左に動いた。梨生が右に動けば、やはり右についてきた。

──わたしを追って？　……いや、この骨と一緒にいるのか？

だとすれば、骨の主《ぬし》か、ゆかりのある幽鬼《ゆうき》ということになるのだろうか。

頭を悩ませる梨生の肩を、智頊が妙に親しげな態度で叩《たた》いた。

「初仕事だな」

「……はい」

梨生は、混乱の中でうなずいた。

主簿の主《おも》な仕事は、とくに税を中心とした帳簿の処理だ。けれども、それ以外にも、種々の職務が課せられる。

そのひとつに検死《けんし》があった。

死体が出れば、主簿は現場に駆けつけ、遺体を検《あらた》めて死因を特定する。

捜査の公平性を保つため、その土地に暮らす者ではなく中央から派遣された官吏が検死を行うべし、と定められているのだ。

もちろん、主簿に医の知識がある者はまれだ。ゆえに、職務に忠実な主簿の一助となるように、官吏の世界には、検死の手引書が存在する。

梨生も、その手引書を持っていた。

手引書の中には、骨に関する記述もある。

しかし、切断された頭蓋骨《ずがいこつ》の一部――などという細かな項目はなかったように記憶していた。


智項たちとの初顔合わせのあと、梨生は骨を持ち、自分以外には見えない少年を連れて、県庁の中にある主簿の住まいへと移動した。

最初に見た石造りの建物の裏手にある主簿の住まいは、他の建物と塀で仕切られて、小さいながらも趣《おもむき》のある庭を備えた邸宅だった。

その夜は、智項と開武から連名で料理が届けられた。

梨生は、上司と同僚《どうりょう》への感謝を胸に、荷物の片付けにいそしんだ。もともと少ない荷物は、大半が画の道具と書物だったが、それゆえに梨生自身がひとつひとつを扱わなければならなかったのだ。

荷物を片付けたあと、梨生は書斎《しょさい》と定めた部屋で、碗のごとき形の骨と向かい合った。

かたわらには、あいかわらずうなだれた少年が立っていた。

梨生は、少年を見つめた。

ふと、なぜ自分は急に幽鬼が見えるようになったのか、と基本的かつ素朴《そぼく》な疑問を抱いた。

これまで幽鬼を見たことはない。

キツネにたぶらかされたことも、物の怪《もののけ》にからかわれたこともない。

人生初の怪異との遭遇は、川に流されて、水鬼を名乗る心怡と出会ったことだった。

──あれが契機《けいき》か……。

そして、まだ絶賛継続中だ。

心怡は、人の姿となって梨生のそばにいる。

──いや、いまはいないが……。

どこに行ったのだろう、と心配しながらも、梨生は少年に問いかけた。

「……君は、だれなんだ？」

けれども、答えは返らず、問いは灯《ひ》に照らされた夜の室内に散っていく。

この少年の家はどこにあるのか？　両親は、家族はどこにいるのか？　なぜ、少年は死に、頭蓋骨を奇妙な形に切断されることになったのか？

――せめて、遺骨《いこつ》は家に帰してやらなければ……。

梨生は考えを巡らせ、思いついて紙と筆をとった。さいわいなことに、骨しか残されていない少年の生前の姿が、梨生には見えている。

梨生は、筆を走らせて、少年の姿を紙に写し取った。

そして、おそらくは横たわることも食べることもできないだろう少年のために、軽めの布団《ふとん》を一枚と、握り飯をひとつ置いて部屋を出た。


床《とこ》についた梨生は、しばらく天井《てんじょう》を見つめていた。

疲れているはずなのに寝付けなかった。うなだれた少年の姿が脳裏に焼き付いていた。

それでも、新しい住まいは快適だった。

眠りを妨《さまた》げる騒音はなく、庭木の梢《こずえ》を揺する風の音だけが心地よく耳に流れてくる。

そんな風の音に、小さな雑音が混じった。と感じた直後、外から窓が開き、黒い人影が室内に忍び込んできた。

「だれだ……？」

「オレだよ、旦那《だんな》」

梨生の問いに、心怡の声が答える。

明かりを灯《とも》すと、たしかに心怡が立っていた。彼の衣服の裾《すそ》は、湿った土に汚れている。

心怡は、腕で荒くあごをこすり、忌々《いまいま》しげに言った。

「犬を追うときは、そうしたいと思っただけで風になれたのにな。目的を果たして家に戻るときは徒歩ときた」

「目的？」

「骨の出どころだよ。旦那には、遺体を調べるお役目もあるんだろう？」

「そうだが、よく知っているな」

梨生が驚くと、心怡は顔を赤らめた。

「オレの博打《ばくち》仲間に、当時、住んでいた県の県尉がいたんだ。そいつが、犯人の捕縛は自分の仕事だが、遺体を調べるのは主簿の仕事だと言っていた」

で――と心怡が語調をあらためる。

「腕とか足とかの骨もあったほうが、旦那も調べやすいだろ？　だから、犬の後をつけたんだ。そこらで拾ってきた骨なら、探すのは無理だと思ったが、犬がいつも行く場所から掘り出してきた骨なら、また同じ場所に行くんじゃないかと思ってね」

「頭がいいな、心怡」

梨生が心底から感心すると、心怡はゆでダコのように真っ赤になった。

「よせやい。あんたみたいに、科挙《かきょ》に合格したやつに褒《ほ》められたら、なんか悪いことが起きるような気がして落ちつかない。……まあ、それはともかく、他の骨がある場所を見つけたぜ」

「本当に？」

「ああ。オレは、旦那には嘘《うそ》をつかない。オレが生まれ変わるための、大事な見届け人だからな。……けど、その場所は森の奥だった。だから、きちんと調べるためには、夜明けを待ったほうがいいと思うぜ」

「わかったよ。そうしよう」

ところで、と梨生は首をかしげつつ尋《たず》ねた。

「さっき、『風になれた』とか言っていたが、どういう意味なんだい？」

「あ？　そのままの意味だ。犬を追いかけなければ、と思って、でもむずかしいだろうな、と考えた。そうしたら、急に体が軽くなって、犬のとなりを走っていたんだ」

「風になって？」

「そう、風になって」

けど、と心怡はとつぜん忌々しげな声で言う。

「犬の遊び場まで行って、骨がある、と気がついた瞬間に、また急に体が重くなって、人間の姿になっていたんだ。それから、もう風になれなくて、ここまで戻ってくるのはたいへんだった」

「それにしても、よくここがわたしたちの家だとわかったな」

疑問とも感心ともつかない梨生の言葉に、心怡は肩をすくめた。

「旦那は、ほんのり光って見えるんだ。……オレを人間の姿にした変な光の塊《かたまり》に似ている。旦那のほうが、ずっと色が薄いけどな。けっこう目印になる」

そうか、とつぶやいて、梨生は笑った。自分の身に起きていることを考えれば、もう笑うしかない。

しかし――と梨生は思い直した。

自分に起きた変化は、とくに悪いものではなさそうだ。

光っているといっても、それは心怡の目にしか見えない光のようだし、幽鬼が見えても、見えるというだけで、他には影響がなさそうだ。心怡の善悪の見届けにしても、本当にただ見ているだけだ。だれかになにかを報告するように求められたわけではなかった。

翌日の早朝、梨生は馬に乗り、心怡の案内を受けて、骨があるという『犬の遊び場』へと向かった。

そこは、県庁からかなり離れていた。

朝霧《あさぎり》のただよう田舎《いなか》道を行き、ほとんど人が通らないような草道を進む。やがて、森が現れた。うっそうとした常緑樹のあいだを抜けていくと、ふいに開けた場所に出る。とはいえ、里に出たわけではなく、森の中にある小ぶりな広場といった様相だ。

雑草におおわれた広場の片隅に、つい最近、掘り返されたような鮮やかな色の土が見えた。

梨生は、そちらに馬を進め、ほどなく驚きで声を上げそうになった。

昨日の少年――今朝も、梨生の書斎でうなだれていた少年が、幾人も点々と土の上に立っていたのだ。

さすがに、この光景は、梨生をぞくりとさせた。

少年は皆、同じ姿をしている。だれもが寸分たがわぬ同じ姿勢を取り、青ざめた顔でうなだれている。

少年の足許《あしもと》には、骨があるはずだった。

梨生は馬を下り、近くに落ちていた木切れを拾って、少年の足許の地面を掘りかえそうとした。

しかし。

鋭い声が響き、梨生の手を止めさせた。

「こら!!　私有地だぞ！」

声のした方向を見れば、革製の軽微《けいび》な鎧《よろい》を身につけ、馬に乗った男が二人、すこし離れた場所から梨生たちを睥睨《へいげい》している。

どうやら、彼らは、梨生たちが来たのとは反対の方向から来たようだ。

あちらには何があるのだろう、と梨生が考えたとき、男の一人が弓をかまえ、鏃《やじり》の先を梨生たちに向けた。

「すぐに立ち去れ!!　従わなければ射殺《いころ》すぞ！」

おい、と心怡が色めきたって怒鳴った。

梨生も驚いた。いくら私有地でも、ここは森の中だ。屋敷のある敷地内に踏み込んだわけでもなし、道の途中に立ち入りを禁じる印もなかった。それなのに、いきなり命を奪うとまで宣告された。

とはいえ、自分たちのほうが分《ぶ》が悪いことはわかっていた。

だから、いきり立つ心怡の肩を押さえ、来た道を引き返そうとした。そのとき、男たちのささやきあう声が聞こえた。

「……殺《や》っちまうか？　活《い》きのよさそうな若い男だからな。袁《えん》さまもお喜びになるにちがいないぞ」

「……そうだな。……いや、やめておこう。このあたりでは見たことのないやつらだ。県庁に、新しい主簿が入ると聞いたから、こいつらがそうなのかもしれない」

「それはまずいな」

「ああ、まずい」

梨生は、馬に乗って引き返しながらも、首を巡らせて男たちを見た。

男たちは梨生たちを凝視《ぎょうし》していた。その目には、狩人《かりゅうど》に似た光がある。梨生は知らず、いやな気持ちになった。

——まさか、彼らがあの少年を……？

つい先刻まで梨生たちが立っていた場所には、あいかわらず青白い顔をした少年の姿がある。

少年の骨をひとつに集めれば、あの姿はひとつに重なり、手厚く供養《くよう》すれば、姿自体が消えるのかもしれない。

この場所に戻ってこよう、と梨生はひそかに決意した。

合法的な手段を用い、だれにも邪魔されずに骨を集められるだけの態勢をととのえてから——。

とはいえ。

決意は、なかなか実行に結びつかなかった。

いったん家に戻り、朝食をとってから登庁《とうちょう》した梨生は、前任の主簿が病気で欠勤を重ね、ついには辞任するまでのあいだ、だれにも処理されずに溜《た》まっていた書類の整理に忙殺《ぼうさつ》されたのだ。

それは、忙しいことが苦にならない梨生が、手をつける前からうんざりしてしまうほど大量だった。

しかも、主簿の補佐を務める胥吏《しょり》たちは、大半が怠惰《たいだ》な毎日に慣れきっていた。主簿が不在のあいだ、彼らはただ県庁に来て雑談するか、咎められない程度の賭《か》けごとに興《きょう》じるか、ひどい者になると出勤さえせずに、家業や副業に精を出していたようだ。

そのため、仕事がはかどらないことがはなはだしかった。

そんな中で、熊子石《ゆうしせき》という壮年の胥吏と、王祥《おうしょう》という若い胥吏だけは、てきぱきと働いて梨生を助けてくれた。

梨生は、しばらく二人の助けを借りながら、書類と格闘していたが、ふと思いついて、昨夜、画に写し取った少年の姿を、二人に示してみた。

「この子を見たことがないかな?」

二人は、じっと画を見て、ほどなく子石が「見たことがありません」と答えた。しかし、王祥は、首をかしげつつ自信がなさそうに言った。

「目薬売りの孫《そん》さんの息子かもしれません。由機《ゆき》という名前の子供です。けれど、その子は、梨生さまが赴任なさるよりも前に、行方《ゆくえ》知れずになりました」

「由機はいつ、どんなふうに行方知れずになったんだ?」

梨生の問いに、王祥は顔を曇らせた。

「遊びに出かけて、夜になっても戻らなかったんです。いつもと同じように、元気に笑いながら出かけたのに、それきり戻らないなんて、……ひどい話ですよね。孫さんと女房は、あちこちを探しまわっていました。……二月《ふたつき》もすぎるころには、もう死んでいるのかもしれないが、それならば遺体だけでも戻ってほしい、と泣いていましたよ」

「気の毒な話だな」

「まったくですよ。最近、養老県では行方不明者の届け出が多くて……」

「行方不明者が多い?」

「そうなんですよ。私は、生まれも育ちも養老県ですから、他の県がどうなのかは知りませんが、養老県の中では、ここ二、三カ月、増えていると感じます。それも、子供や若い娘が多いので、親たちはひどく警戒していますし、人さらいをしていると疑いをかけられた者が、近隣の者に暴行を受ける騒ぎも何件かありました」

「……子供や若い娘が多い、と言ったが、他にはどんな者が行方不明に？」

「ええと……、……男が四人……でしたか。それと、身重の女が一人、赤ん坊が三人、中年の女が二人……。県庁に届けがあったのは、それくらいだったと思います」

「……では、届けのない行方不明者もいるだろうな」

梨生がつぶやくと、王祥は深くうなずいた。

「皆が、行方不明の届けを出すのは、遺体が見つかったときに知らせてほしいからですからね。……もちろん、生きて見つかることを願っているはずですが。……家族にうとまれている者や、そもそも家族がいない者は、届けがないままでしょう」

梨生も、王祥の言葉にうなずいた。

行方不明者の性別や年齢、状況が多岐《たき》にわたっているので、すべてがひとつの原因によるとは思えないが、届けのない者までも考え合わせると、たしかに数が多いように思えた。

「県尉の開武どのは、届けを出した者に詳しい話を聞いておられるだろうか？」

梨生が問うと、王祥はにっこり笑った。

「開武さまは、いろいろ親身に対応なさる方ですから、聞きとりの書きつけなどを残しておられるはずです。よろしければ、私があちらの部署に行き、借りてまいりましょうか?」

「うん。そうしてくれるとありがたい」

梨生の指示を受けた王祥は、すぐさま部屋を出ていった。


仕事を終えて家に帰った梨生は、開武が残していたという書きつけに目を通した。かたわらには、少年——目薬売りの息子、由機が立っている。

書きつけの内容は、きちんと整理されていて、とても読みやすかった。行方不明になった者の名前から性別、年齢、家族構成、最後に目撃されたときの状況が、簡潔に、かつわかりやすく記されていた。

行方不明になった者たちの性別や年齢は、昼間、王祥が話したように多岐にわたっていた。たしかに若い女や子供が多いが、男や老人などもいる。

そして、だれもが、釣りや農作業や買い物といった、ごく日常的な行動の途中で、忽然《こつぜん》と姿を消していた。

赴任《ふにん》二日目の午後。

あいかわらず書類と格闘する梨生《りせい》のもとに、智頊《ちぎょく》付きの胥吏《しょり》がやってきた。胥吏は、智頊が梨生を呼んでいる、と告げた。

梨生は、智頊の執務室へと足を急がせた。

部屋に入ると、智頊を囲む形で、十人近い男女が歓談していた。

彼らは、華美ではないが、質と仕立てのいい衣服を身につけていた。髪の結い方や装身具から、良家でかなり信頼される立場にある使用人だと思われる。

彼らは梨生の姿を見ると、親しげだが作り物めいた笑みを浮かべ、それぞれが梨生に向かって深く頭を下げた。

智頊は、彼らの様子を、子供を見守る親のような面持《おもも》ちで見つめていた。

そして、おもむろに口を開いた。

「梨生どの。養老県《ようろうけん》の名士の方々が、君をぜひ食事に招きたいそうだ」

「光栄です」

梨生は、かるく会釈《えしゃく》して謝意《しゃい》を示し、ふと思いついて尋《たず》ねた。

「この中に、袁《えん》……という方の御使者はいらっしゃいますか？」

袁――少年の骨が埋まっていた森の所有者の名だ。

梨生の問いかけに、はい、と答えて、若い女性が前に進み出た。

梨生は、かるい驚きを覚えた。

女性は小柄《こがら》で、まだ幼さの残る顔立ちをしていた。背丈《せたけ》も、他の使者に比べて低く、大人の中に子供が紛《まぎ》れ込んでいるような印象を受けた。

けれども、梨生を驚かせたのは、彼女の容姿ではなく、梨生に向けられた目の力強さだった。夜の深淵《しんえん》を思わせる漆黒《しっこく》の瞳《ひとみ》の奥に、ぎらつく太陽の光が隠れている。その光をうっかり直視すると、目が焼き潰《つぶ》されてしまいそうだった。

「え……と……」

梨生が口ごもると、女性はにっこりと妖艶《ようえん》に微笑《ほほえ》んだ。

「私は董彩華《とうさいか》と申します。私の主《あるじ》、袁は都で手広く商売を営んでおり、この養老県に広い土地を持つ豪農《ごうのう》でもあります」

「まあ、ここにいる面々のご主人は皆、同じような方ばかりだがね」

智頊が言い添えて、他の男女の笑いを誘った。女性——彩華も微笑んだ。

梨生は、智頊と彩華の顔に、視線を往復させながら言った。

「わたしは、まず袁どのの招きに応じたいと思います」

「では、明晩、袁の屋敷までお越しいただけますか？　知県《ちけん》さまと県尉《けんい》さまもご一緒に」

彩華が智頊に目を向けた。

智頊は、残念そうに微笑み、彩華の申し入れの半分を拒絶した。

「袁どのには申しわけないが、県尉の開武《かいぶ》どのは差し支えている。袁どのの屋敷には、私と梨生どのの二人で伺《うかが》わせてもらおう」

「承知いたしました」

いっこうにかまわないという様子で、彩華が智頊の言葉を受け入れた。梨生は、うなずきに似た会釈を彩華に残し、智頊の許可を得て執務室を辞《じ》した。


翌日の夕刻。

仕事を終えた梨生は、智頊とつれ立って袁の屋敷へと向かった。

袁を訪ねる、と聞いた心怡《しんい》は、自分も一緒に行きたがったが、陽《よう》たちに買い出しを頼まれており、梨生もそちらを優先してくれるように頼んだ。

県庁前の街道を馬に乗って東に進むこと、およそ四十里。村々の入り口を示すのと同じ、土地の所有者の名を刻んだ石柱《せきちゆう》のあいだを抜けると、そこはもう袁の屋敷の一部だった。

とはいえ、その時点では、延々と広がる草地と点在する林の他は何も見えない。荷車の轍《わだち》の跡が残る細い道を馬で進みながら、智頊がぼそりとつぶやいた。

「このあたりも荒れたものだ」

「なにか建物でもあったのですか？　それとも、田畑が？」

梨生が尋ねると、智頊は苦笑した。

「家畜の柵《さく》や檻《おり》があったのだよ。……袁は有名な食通で、とくに肉が好物らしい。およそ、この地上にいる生き物で、自分が肉を口にしていないものはない、と自慢していた。……それに、すこし悪趣味な男でね。このあたりに美しい牧草地や小庭園を造り、羊や雉《きじ》を飼育して、それを客に食わせるんだ。客が、宴《うたげ》に供《きょう》された料理の肉がうまいと言うと、それはあなたが先刻、その姿の美しさを愛《め》でた鳥や獣《けもの》です、と説明していた」

「……本当に悪趣味ですね」

「まったくだ。……しかし、君は、まっさきに、……いや、自分から袁の名を出しただろう？　こちらに来るまでに、袁と個人的なかかわりがあったのか？」

いいえ、と答え、すこし迷ってから、梨生は二日前の朝の出来事を説明した。もちろん、犬を追った心怡がもと水鬼《すいき》だとか、自分は幽鬼《ゆうき》が見えるようになったとか、正気を疑われるような部分ははぶいた。

話を聞いた智頊は、心怡の機転を褒《ほ》めた。それから、面倒くさそうに息をついた。

「先日、犬がくわえてきた骨が、袁の土地から出たものだとしても、いまの時点では、詳しく調べるのがむずかしいな。どこの屋敷でも、身寄りのない者を使っていて、死んだら墓も立てずに埋葬《まいそう》することも、よくある話だ。もちろん、その死を届け出るように、法では定められているが、実際はほとんど守られていない」

「……ですが、皇帝陛下《へいか》は、法による統治を民《たみ》にお約束なさいました」

だから、民は皆、その法のもとに守られるべきだ、と梨生は主張する。そうしながら、智頊に煙《けむ》たがられるか、鼻で笑われるかと思ったが、意外にも智頊は真顔でうなずいた。


敷地の広さに劣らず、袁の邸宅も立派なものだった。

高い塀《へい》に囲まれた屋敷には豪奢《ごうしゃ》な建物が並び、大小五つの池を配した庭は、趣《おもむき》のある巨岩や、木々や、四阿《あずまや》で飾られていた。

しかし、庭にはどこか荒れた雰囲気《ふんいき》があった。巨岩にはひょろりとした雑草が寄り添い、木々の剪定《せんてい》も行き届いているとは言いがたい。よく見れば、建物の外壁も煤《すす》けていた。窓の桟《さん》には埃《ほこり》がたまり、鳥の糞《ふん》に汚された柱もそのままだ。

なによりも、屋敷内にただよう空気が重く、梨生はねっとりと四肢《しし》に絡《から》みつくような感覚に悩まされた。

それでも、帰る、というわけにはいかない。

とにかく袁という人物に会わなければ――。

梨生は智頊とともに、門番から使用人、そして、また別の使用人の案内を受けて、池のほとりに造られた来客用の建物に入った。

扉の内側は、すぐに広間になっていた。

艶《つや》やかな石を敷き詰めた床の上に、紫檀《したん》の大きな円卓が置かれ、細かな彫りをほどこした椅子が等間隔に配されている。

その椅子のひとつに、袁らしき人物が坐《ざ》していた。

その人物は、でっぷりと太った初老の男だった。

彼の姿は、溶けかけた肉のようにも見える。衣服をまとった巨大な肉塊《にくかい》が、椅子に嵌《は》めこまれているようだ。

梨生たちの姿を認めた男は、湿ったくちびるをべちゃべちゃと鳴らしながら掠《かす》れた声で言った。

「ようこそ、お二方。新しい主簿さまに挨拶《あいさつ》できるとは光栄だ。智頊さまはよくご存じと思うが、わしがこの屋敷の主、袁江園《こうえん》です」

「白《はく》梨生と申します」

梨生が頭を下げると、男——袁はもともと弛《ゆる》んだ口許《くちもと》を、いっそう弛ませた。

「さあ、掛けられよ。主簿さまをもてなすため、わが家の自慢の料理人に腕をふるわせました」

ご存じか、と袁が、まだ席についていない梨生たちにたたみかける。

「わしは、都でも食通と知られている。今宵は、お二人がまだ食べた事のない食材をご用意しましたぞ」

「それは楽しみですね」

梨生は微笑んだ。しかし、心は、まったく弾《はず》まなかった。

広間に灯《とも》されたろうそくの数は多く、梨生の家などよりもよほど明るい。けれど、なぜか室内が暗く感じられた。

やがて、料理を手にした給仕人が広間に入ってきた。

給仕人の動きにあわせてろうそくの火が揺れて、壁や天井《てんじょう》に映る影をも揺らめかせる。その影の動きが、耐えがたく不気味に感じられた。

そのせいか、目の前に置かれた料理もおいしそうには思えなかった。

それでも、梨生は匙《さじ》を動かし、料理を口に運んだ。

袁は、自慢話に夢中で、自分の前に置かれた料理には手をつけない。広間には、袁の声だけが響き、白々とした時間が流れていく。

そんな中、給仕が四皿目の料理を運んできた。その姿を目にしたとき、梨生は全身が凍りつくのを感じた。

しずしずと歩く料理人の後ろには、十歳前後と思《おぼ》しき少女が従っていたのだ。

少女は青ざめ、うなだれていた。そして、料理の皿が卓にのせられると、ふわりと宙に浮いて卓の上に立った。

袁も、智頊も、少女には目も向けない。

梨生は息を呑《の》み、痛ましさに胸を詰まらせた。同時に強い嫌悪《けんお》を覚え、全身の肌に粟《あわ》を生じさせた。

智頊が料理を食べるべく箸《はし》をとった。

梨生は大きく手を伸ばして、箸を持つ智頊の手を押さえた。

智頊が、何事かと問うような視線を向けてくる。梨生は硬い声音《こわね》で告げた。

「この料理は、智頊さまのお口にあいません」

そして、袁に向きなおって尋《たず》ねた。

「袁どのは、このような少女のことをご存じありませんか？」

年のわりに大柄《おおがら》で、ふっくらとしていて、容貌《ようぼう》はかなり幼げで、鼻が小さく上を向いている。クマの耳に似た愛らしい形に髪を結い、やや赤みの強い桃色の衣服を身につけ、左手には小さな手作りの人形を持っている。

梨生の説明を聞いた袁は首をかしげた。

「さっぱり覚えがありませんな」

そう言って、また料理を食べはじめる。これまでの態度が嘘《うそ》のように、がつがつと勢いよく料理を平らげていく。

梨生は吐きそうになった。

けれども、喉《のど》まで上がってきた酸《す》っぱい液体を飲み下し、無礼を承知で、智項の腕を引っぱる。

「すみません。気分が悪くなりましたので、失礼したいのですが」

では――と料理を食べながら袁が提案する。

「こちらでおやすみになっては？　使用人の中には、医の心得がある者もおりますぞ」

「いいえ。家人《かじん》が待っていますので」

失礼します、とくり返し、梨生はなおも智項の腕を引いた。智項は、呆気《あっけ》にとられたような顔をしながらも、存外に滑《なめ》らかな動きで席を立った。

無事に、県庁の中にある自宅に帰りついたとき、梨生は体の芯《しん》から震えが生じるのを感じ、同時に、心の底から安堵《あんど》を味わった。そして、あの少女は、もう二度と梨生のような安堵を味わうことがないのだ、と考えると、胸がつぶれるような悲しみが湧《わ》いてきた。

料理とともに、梨生の前に姿を現した、まだ幼い少女。

彼女の体は、あの料理の中にあったのだろう。

悲しみと痛ましさに眉尻《まゆじり》を下げた梨生の前に、心怡が水を差しだした。

心怡は、家の前で梨生を待っていたのだ。幼い子供を案じる母親のような行動に、梨生が理由を尋ねると、いやな予感がしたのだ、と答えた。

「だいじょうぶか、旦那《だんな》？　体にけがはないようだけど」

「うん、けがはない。……ただ、ひどいものを見たよ」

梨生は、声が上ずるのを感じつつ、自分が見聞きしたことを心怡に伝えた。

心怡は、赤くなったり青くなったりしながら話を聞き、聞き終えるとすぐに怒声を吐いた。

「なんてやつだ！」

「……嗜好《しこう》として人を食べる者がいる、という話は、昔の書物にも記録されている。そういう者たちは、食材としての人間を『二本脚《あし》の羊』と呼んだりするらしいが……」

「人間は、人間だろ!!　羊じゃねぇぞ！」

「君の言うとおりだ。……どうすればいいかな」

梨生は、椅子に深く腰かけ、首《こうべ》を垂れて考えた。

人肉を食べるだけなら、異常ではあるが、違法ではない。けれども、森の中で出会った男たちの言動を考えれば、袁は法に触れる手段で人肉を調達している可能性が高かった。

あるいは最近、養老県で増加しているという行方不明者は、袁に捕らえられて食べられたのかもしれない。だが、袁のような富豪なら、そんな危険で目立つ真似《まね》をせずに、人肉を手に入れられるような気もする。

――人肉ばかり食べているのか？

まさか、と梨生は自分の想像を否定する。

人間である以上、肉以外の食材も必要だ。いくら肉が好きでも、そればかりを食べ続けるというのは拷問《ごうもん》じみていた。

とはいえ。

宴席で、袁はほかの料理に手をつけなかった。そして、少女とともに現れた肉料理が、自分の前に置かれたとたん、がつがつとむさぼるように食べはじめた。

――そんなにうまいのか……？

あのときの袁の様子を思い出し、梨生はまたも吐き気を覚えた。

もちろん、梨生も肉は食う。調理の方法にもよるが、たいていは美味だと思って食べる。

もしかすると、ひどい飢《う》えに悩まされ、そこに人の遺体があれば食べるかもしれない。

しかし、他に食するものがあるのに、自分と同じ言葉を解し、家族を、そして未来を持つ者を『殺して』『食べる』という選択は理解できなかった。

いや――と梨生は自分の考えに反駁《はんばく》する。

理解する必要はないのだ。

考えるべきは、袁が犯罪的な方法で人肉を手に入れている場合、その手段をどうやって明らかにするか。そして、願わくは、人知れず葬《ほうむ》られたであろう犠牲者の遺体を、せめて家に、家族のもとに帰したい。

――……開武どのに相談するか。

梨生は、常識的な結論にたどりついた。

検死《けんし》は主簿たる梨生の仕事だが、遺体に事件性が認められたときは、県尉が捜査に当たることになる。袁の所有する森にあっただろう少年の骨についても、本来は県尉たる開武に同行を求めるべき案件だった。

――そもそも開武どのに相手にされないかもしれないが……。

とにかく明日、と梨生は決意する。

その考えを、心怡に語っていると、灯《ひ》を手にした陽がやってきた。

「旦那さま。葬儀屋の者が来ております。なんでも、木郷村《ぼくきようそん》の李《り》という男の家の近くで、不審な遺体が発見されたとか」

「——ああ」

梨生はうなずいた。

主簿が検死に当たるとき、助手を務めるのは、胥吏《しより》ではなく葬儀屋と定められている。不可解な決まりごとのようだが、葬儀屋は遺体の扱いに慣れているし、胥吏も基本は無給だから、立場に大差があるわけではなかった。

「すぐに行くと伝えてくれ」

梨生は陽に伝言を頼み、いったん着替えた衣服を、また外出用のものに着替えた。

検死は、夜間であっても引き受けなければならない。

遠方である場合は、行ける場所まで移動して宿《やど》をとることが許されている。

主簿が、個人の従者をともなうことは禁じられている。赴任先で雇った従者ならば、犯人と縁が深かったり、被害者との利害関係があり、検死の正確性を損《そこ》なう言動をする恐れがあるからだった。

ならば、赴任前の住居から連れてきた従者は同行が許されるかというと、そんなに細かい規定はなく、一様に同行を禁じられているのだった。

だから、梨生は、自分も一緒に行こうと支度をはじめた心怡に、家で待つように言った。

心怡は不服そうだった。

「袁の屋敷で問題が起きたばかりなのに……」

「そうは言っても、検死に行かないわけにはいかない。これは、皇帝陛下から賜《たまわ》ったお役目だからな」

梨生は、ぶつぶつ言う心怡を笑顔でなだめ、玄関脇《わき》の小間《こま》で待つ葬儀屋のもとへと急いだ。色黒で小柄《こがら》な中年の葬儀屋は、駆けつけた梨生をさらに急《せ》かして、自身も馬に飛び乗った。


暗色《あんしょく》の夜空に月はなかったが、薄ぼんやりと明るい夜だった。

昼間のうだるような暑さは消え、涼風が頬《ほお》をなでる。

梨生は、葬儀屋のあとに続いて馬を進めた。木郷村がどこにあるのかは、わからなかったが、漠然《ばくぜん》と、それほど遠くないと考えていた。

葬儀屋は、どんどん進んでいく。さすがに馬を疾走させたりはしなかったが、梨生が足許を危ぶむほどの速度は十分に出ていた。

「君――」

もっとゆっくり行かないか、と梨生が声をかけようとしたとき。

前方にある、街道沿いの木立の陰《かげ》から、五、六人の男たちが現れた。

梨生は馬を止めた。夜盗だと思ったのだ。手綱《たづな》を返して、もと来た道を帰ろうとしたが、男たちの動きのほうが速かった。

男たちは、たちまち梨生を取り囲んだ。

その中の一人は二日前の朝、森の中で梨生を脅《おど》した男だった。

「やあ、主簿さま。ご主人がお招きだ」

男は、笑いを含んだ声で告げ、他の男たちとともに梨生を取り囲んだ。

別の男が、梨生の馬の手綱を取り上げた。

梨生は覚悟を決めた。少なくとも、この場ですぐ殺されることはなさそうだ。連れて行かれる先も、もうわかっていた。

袁の屋敷に連行された梨生は、夕刻、歓待《かんたい》を受けたのと同じ建物に通された。

ただし、状況は大きくちがっていた。自分の意志ではないし、両腕を左右から二人の男に摑《つか》まれている。

袁は、またも椅子に座って梨生を迎えた。

「手荒な真似をしてすまないね」

言葉とは裏腹に、威圧的な態度で袁が続ける。

「主簿どのには、極秘裏に尋ねたいことがあって、ご足労いただいたのだよ」

まずはひとつ、と袁が左手の人差し指を立てた。

「主簿どのは、本当に『主簿』なのか？」

「……なんだって？」

梨生は首をかしげた。袁は、不機嫌《ふきげん》な顔で答えた。

「私には、商売敵《がたき》が多くてね。彼らの中には、官吏《かんり》を手足のように使う者もいる。そういう連中が、私の痛くもない腹を探りに、いわば自分の密偵《みってい》である『白《はく》梨生』を差し向けたのか、と問うたのだ」

「わたしは、密偵などではないが……」

「では、なぜ行方《ゆくえ》不明の子供を探しているのだ？」

袁の問いに、梨生は眉をひそめた。

梨生が袁に話した『子供』といえば、料理とともに食卓に現れた少女のことだけだ。しかし、実際に探しているのは少年だ。奇妙な形に頭蓋骨《ずがいこつ》を切断され、森に埋められた——。

「子供というのは……？」

梨生の問いに、袁が顔をゆがませた。

「しらばっくれるのか？　……まあ、いい。目薬売りの息子と、小太りの娘のことだ」

袁は、梨生がどちらだろうかと考えていた、両方の子供のことを口にした。

梨生はまた、この結果に首をかしげた。

「どうして、わたしが目薬売りの息子を探している、と知っているんだ？」

袁は、ふん、と鼻を鳴らし、手元に置いてあった紙を広げて梨生に突きつけた。

それは、二日前、梨生が胥吏の子石《しせき》と王祥《おうしょう》に示した少年の画姿《えすがた》だった。そういえば、あのとき、画姿は梨生の手元に戻らなかった。梨生は、もう少年の姿を記憶していたので、あの画がとくに重要だとも、手元に置かなければならないとも思わなかったのだ。

「その画は、どこから？」

「主簿どのの仕事場からだ」

「……袁どのも密偵を抱《かか》えているんだな」

「当然のことだろう」

たしかに、と梨生は心の中で同意し、それは子石か王祥のどちらかだろうか、と考えた。

そうであるなら、残念なことだ。だが、梨生が少年の画姿を示したとき、部屋の中には他にも胥吏がいた。梨生たちの会話は聞こえただろうし、子石か、王祥か、梨生自身が置きっぱなしにした画姿を、こっそりかすめ取って袁のもとに届けることは、だれにでもできたはずだった。

「……それで、袁どのは、目薬売りの息子のことを知っているのか?」

梨生は、問題の核心に踏み込んだ。

袁は目を細め、値踏みするような視線で梨生を見つめる。

「知っている、と言えば、どうするつもりかな?」

どうする——?

梨生は自分の間抜けさに気がついた。

身分や立場に隔《へだ》たりがあるとはいえ、袁も、目薬売りの孫《そん》の息子も、同じ土地で暮らす者同士だ。事件に関係なく、顔を見知っているという可能性も十分にあった。

——困ったな……。

頭を抱えた梨生に、袁がまた尋ねた。

「主簿どのは、なぜ目薬売りの子供のことを探しているのだ?」

「……行方不明の届けが出ているから、だ」

「ほう。……では、小太りの娘のことは?」

「それも届けが——」

「そんなはずはない」

袁が即座に断言した。彼は驚くべき失態を犯《おか》したのだ。

溶けた脂《あぶら》で作られたような顔に、しまった、という気持ちが表れる。

梨生は一瞬、袁のしっぽを捕まえた喜びに震えた。だが、すぐに、自分が捕まえたしっぽとともに闇に葬《ほうむ》られる可能性があることに考え至った。

梨生には、思考を巡らせつつ会話する以外、選ぶべき道がなかった。

「届けの出ない子供か」

梨生のつぶやきに、袁が開き直ったような態度で応じた。

「その子供のことを、主簿どのは知っていた」

「……ああ、わたしは幽鬼が見えるのでね」

梨生も開き直った──ふりをした。

袁は片眉を上げげた。

「主簿どのは方士《ほうし》か？」

方士──仙術《せんじゅつ》を身につけ、まじないを行い、ときには不老不死の境地にまでも達するという人々のことだ。

梨生は、あわてて首を横に振った。

袁が怪訝《けげん》そうな顔をした。

「ちがうのか？」

「ただ見えるだけだ」

「……本当に見えるのか？」

「本当だ」

袁が黙り込んだ。

重苦しい沈黙が薄暗い室内を満たした。

梨生は待った。それ以外にできることがない。

袁は、長い沈黙の末、また問いを発した。

「主簿どのの見る幽鬼は語るのか？」

「……いや、なにも言わない」

「どんなときに現れる？」

「…………遺体とともに」

梨生は身を乗り出した。

「袁どの。あなたは、人の肉を食うのが好きなのか？」

さ、と袁が青ざめ、震える声で問うた。

「なぜ、そんなことを……？」

「食卓に幽鬼が現れた。……料理とともに」

ふわり、と袁の表情が変化した。顔貌《がんぼう》の硬化が解けたのだ。ただし、それはあまりよくない変化のように感じられた。

「同じものを、おまえたちにも食わせてやろうと思ったのに」

「食べたくない」

「そうだな。主簿どのは、知県どのも止めた」

「……どうして、わたしたちにまで、人の肉を食わせようとしたんだ？」

「……ああ。あの美味を教えてやりたくてな」

袁が凶悪な笑みを浮かべた。

梨生は、袁が自分と智頊を共犯者に仕立て上げようとしたのだ、と考えた。

しかし、袁の言うとおり、彼は本当に人肉の美味を教えたかったのかもしれない。県の最高権力者を同好の士に加えるために。

「目薬売りの息子も……食べたのか？」

「……子供の肉はやわらかい。それに、脳味噌がうまいんだ」

梨生は、切断された頭蓋骨を思い出した。あれは、脳を取りだすために切断されたのだ。

ぐうっ、と梨生の喉が鳴った。嫌悪と怒りが唸《うな》りに変わる。

袁が、ふと真顔になって目を細めた。

「……あれは失敗だったな。手頃な肉が手に入らなくて、つい手近な子供を使った」

淡々と答えた袁の言葉に、梨生の頭が熱を帯びた。袁は、完全な『物』として、おそらくは顔見知りだったのだろう少年のことを語ったのだ。

梨生の気持ちは、顕著《けんちょ》に顔に出たらしい。

袁が首をかしげつつ問う。

「怒っているのか？」

「……あたりまえだ‼」

「なぜ怒る必要がある？」

「……なぜ、だと？」

「そうだ。人に心があるからというならば、獣にもあるはずだ。家族もな。人が人であるというだけで、特別なもののように考える必要が、どこにある？　人の中には、無価値な者もいるのだ。ならば、おいしいと思われながら、私に食されれば、まだしも生まれてきた甲斐《かい》があるというものではないか？」

「……袁どの。あなたは正気じゃない」

ふっ、と袁が口許を弛めた。

「正気とはなんだ？　どんな目に遭《あ》うか、うすうすわかっているのに、だれとも知れない相手に子供を売る親がいるのだ。そういう親がいなければ、その子供も生まれてこなかった。だから、……私のしていることは、そう不当ではない、と考えているよ」

さて――と袁がわずかに背筋を伸ばし、梨生のほうへと首を伸ばした。

「主簿どのは、これからどうする気かな？」

「……え？」

とまどう梨生の眼前で袁が手を叩《たた》いた。

すると、すぐさま細身の美女が、小ぶりな木箱を、両手で捧《ささ》げ持つようにして運んできた。袁が、かたわらの卓に置かれた木箱の蓋《ふた》を開ける。

中には袋が入っていた。

袋の口を開けると、砂金《さきん》の輝きが梨生の目を刺した。

「今回の件については口をつぐみ、この先も黙認し続けると約束するなら、これは主簿どののものだ。……今後も、同じものが手に入る」

「……約束などしない、と言えば？」

梨生の問いに、袁はにやりと笑い、人差し指を自分の喉に当て、右から左に動かした。

つまりは、殺す、ということだ。

死ぬのはいやだな、と梨生は漠然《ばくぜん》と思った。自分が置かれた状況に、恐怖を感じていないわけでも、虚勢を張っているわけでもないが、自然に口から笑いがもれた。

「……死ぬのはいやだな」

「では、約束するか？」

する、と答えた場合、どういうことになるのか？

嘘ならば、簡単につける。

だが、それは袁も見越しているだろう。

ならば、梨生の嘘が『嘘ではない』という証明が必要になる。

口約束でも、証文でもなく、いつのときにも梨生を縛《しば》る効力はどこに生じるか？

まさか、と考えた梨生に、袁が言った。

「約束するのなら、主簿どのにも人の肉を食べてもらおう」

「……すこし考えさせてくれ」

梨生は声を絞り出した。

袁は笑い、うなずいた。

「いいだろう。ただし、猶予《ゆうよ》は明朝までだ」

袁があごをしゃくると、梨生の腕を捕らえていた男たちが、梨生を引き立たせ、屋敷のはずれにある建物の地下へと引きずっていった。

石造りの地下室は、湿気がひどかった。けれども、ふしぎなほど臭《にお》いは抑《おさ》えられている。地下室の奥には、一歩四方ほどの鉄製の檻《おり》が置かれていた。

梨生は、その檻の中に押し込まれた。


期限は明朝まで――。

とはいえ、もう夜明けのほうが近いような刻限だ。

この限られた時間をどう使うか。

梨生《りせい》は、檻の中に腰をおろし、闇《やみ》の中で考えを巡らせた。

そして、ふと思いつき、いったんはその思いつきを否定し、また自分を説得する心地で、その思いつきを実行に移した。

梨生は立ち上がり、細心の注意を払って小便をしたのだ。

小便は、檻の床に溜《た》まり、独特の臭気《しゅうき》と熱を発した。

その臭気と熱を頼りに、梨生は溜まった小便を覗《のぞ》きこみ、小さな声で呼びかけた。

「心怡《しんい》。聞こえるか、心怡？」

もと水鬼《すいき》の心怡ならば、あるいは水を介した通力《つうりき》があるかもしれない、と考えたのだ。

もちろん、通力の有無《うむ》について自信はなかったし、そもそも小便が純粋に『水』に含まれるのかどうかもわからなかった。

しかし、他にはなにも考えつかなかった。

朝になったら、袁《えん》か、袁の手下がやってきて、梨生を殺すだろう。長いあいだ、生かして閉じ込めておくことは、万一のときに、とても危険な状況を生むからだ。

――死にたくないな。

梨生は思った。袁に食べられた薬売りの息子や、夕刻、宴《うたげ》の席に饗《きょう》された少女も、きっと同じことを考えたはずだ。

「心怡。頼む。開武《かいぶ》どのと智頊《ちぎょく》さまに連絡してくれ。弓手《きゅうしゅ》を連れて、袁の屋敷に踏み込むようにお願いしてくれ」

声をひそめて、それでも渾身《こんしん》の力で梨生は訴えた。同じ言葉を、十度も繰り返せば疲れ果ててしまうほどに。

梨生は、小便を避け、避けきれないかもしれない、と危ぶみながらも床に座った。

案《あん》の定《じょう》、衣服に生ぬるい液体が滲《し》みてきた。

けれども、もう立ち上がる気力もなかった。

立てた膝《ひざ》の上に両腕を重ね、その腕に頭をのせて、梨生は闇の中で自分の呼吸の音を聞く。

どのくらいの時間、そうしていただろうか。

ふいに、抑えた足音が聞こえた――と感じた次の瞬間、地下室の扉が開き、やわらかな花の香りが梨生の鼻腔《びこう》に流れてきた。

灯《あか》りはなかった。

抑えた足音が、さらに梨生の近くまでやってくる。

花の香りが強くなった。

静かにゆっくりと檻の扉の鍵《かぎ》を外す音がした。

「出て」

若い女の声が告げた。

聞き覚えのある声は、たしかに県庁まで梨生を招きに来た袁の使者――董彩華《とうさいか》だった。

「なぜ――」

「急いで。逃げるのよ」

彩華は答えず、抑えた声で梨生を急《せ》かした。

梨生は即座に立ちあがり、手探りで檻から外に出た。

そんな梨生の手を、やわらかな彩華の手がつかむ。

「こっちよ。声はたてないで。足許《あしもと》に気をつけて」

もちろん――と梨生は思った。ただし、つまずかない自信もなかった。

とにかく暗いのだ。そのせいで、泥田を歩く人のように、不必要に足を高く上げる、奇妙な歩き方になってしまった。

「早く」

彩華がささやく。

前方から夜の外気の匂《にお》いがした。

ほどなく梨生は庭に出た。外はぼんやりと明るくて、格段に歩きやすくなった。

「門に――」

言いかけた彩華の言葉をさえぎり、前方の茂みが鳴った。用心棒だろうか、大柄《おおがら》な男の影が視界を横切る。

彩華は、梨生の手を引き、きびすを返した。

「用心深いやつ‼」

彩華が小声で吐き捨てた。どうやら袁のことを言っているようだった。

「君は――」

「話はあと!!」

彩華は梨生の手を引き、庭に配された用心棒を避け、近くにあった建物に駆け込んだ。しかし、中にも動き回る人の気配はあった。

物陰に身を隠しつつ、彩華は建物の奥へ、上へと移動していく。やがて、建物の最上階にある一室に逃げ込んだ。そこは、庭に面した見晴らしのいい部屋だった。

「ここに隠れていましょう」

彩華が梨生を机の下に押し込んだ。そして、自身も梨生のとなりに体を押し込んだ。ぎゅうぎゅうと机の脚《あし》に体を押しつけられながら、梨生は尋《たず》ねた。

「なぜ、君まで隠れるんだ？」

「あなたが『約束する』と言えば、私が殺され、料理されるからよ」

「君が？　……だが、君は袁の使者として県庁に来たじゃないか」

「ええ。でも、それは、袁が私を信頼しているからじゃない。あなたが姿を消したことで、県庁からだれかが訪ねてきたとき、私に罪をかぶせるためよ。……私、妹と一緒に、この屋敷に売られてきたの。……妹は、袁に食べられた。あいつは、姿を消しても気にされない人間を、次々と食べているの」

「どうして、そんな……？」

梨生の問いに、彩華が首を振った。ふわりと花の香りがただよった。

「わからないわ。……でも、そうね。以前の袁は、人間以外のものも食べていたわ。人間を食べるのは、年に数回のことだった。そういうときには、いろいろな人間を食材にして、味を比べていたの。子供と老人とか、妊婦とか、痩《や》せた男とか太った男とか。その中に、方士《ほうし》がいた。……正確には、方士のような恰好《かっこう》をした男がね。その方士を食べてから、袁は人間しか食べなくなった。だから、もしかすると、その方士に、なにか術をかけられたのかもしれないわ」

そんなことがあるだろうか、と梨生は首をかしげた。

しかし、水鬼の心怡と知り合ったことなど、他人には信じがたい事象が自身にも起きている。

「……じゃあ、袁は毎日、人間を食べているのか？」

「そうよ。たいていは、ならず者たちに足のつかない人間を集めさせている。だけど、調達できないときは、適当な相手をかどわかしてきたり、屋敷の中で働いている人間を食べるの。そのせいで、手入れが行き届かなくなって、屋敷の中が荒れてきたわ」

でも、と彩華は息をつく。

「袁が、甥《おい》に任《まか》せている都にある店は、かなり繁盛《はんじょう》しているみたい。ときどき黄金や異国の珍しい品が、たくさん運ばれてくるもの。……それが、袁の食費になるんだけど」

梨生は、無意識に眉《まゆ》をしかめていた。彩華の話が事実なら、袁の周囲では、驚くべき数の人間が葬《ほうむ》られていることになる。

「君は、だれかに助けを求めたりはしなかったのかい？」

梨生の問いに、今度は彩華が顔をしかめた。

「そんな相手はいないわ」

「県庁とか」

「あそこには袁の密偵《みってい》がいるのよ。それに、私一人が訴え出たところで、袁が調べられることはないわ。まして、毎日人間を食べているなんて、こんな荒唐無稽《こうとうむけい》な話、だれも信じない」

そうかもしれないな、と梨生は思い、そんな自分の考えに落胆《らくたん》する。

「ところで、袁の密偵というのはだれなんだ？」

「だれか、までは知らないわ。何人いるのかもわからない」

「そうか……」

梨生は息をついた。

会話が途切れ、お互いの呼吸の音だけが、静かに深く闇に響く。

否《いな》――室内の空気は、曙光《しょこう》に色づきはじめていた。

朝が来るのだ――。

袁の手下は、屋敷の中をしらみつぶしにしているにちがいない。見つかるのも時間の問題だ。

――どうする……？

じりじりとした気持ちで梨生が考えたとき。

窓の外から、複数の人間の騒ぐ声が聞こえてきた。

梨生と彩華は顔を見合わせ、どちらからともなくうなずきあって、机の下から飛び出した。

窓辺へと移動し、頭が外から見えないように気をつけながら庭を見ると、しらみはじめた庭のあちこちに、忙《せわ》しく走り回る大勢の人の頭が見えた。

人々は、争っているようでもあった。

大半の人は同じ色形の衣服を身につけている。

梨生は、彼らの衣服に見覚えがあった。県庁に到着したとき、出迎えの人々の中に、同じ衣服を身につけた一団がいたのだ。

彼らは、県尉《けんい》付きの兵士――弓手だった。

——開武どのが来てくれたのか⁉

梨生は思わず立ち上がった。

すると、自分たちが隠れている建物のすぐそばに、古《いにしえ》の武人に似た県尉《けんい》、劉《りゅう》開武の姿があった。

「梨生どの！」

折よく、開武が呼ばわった。梨生は窓から身を乗り出し、呼びかけに応《こた》えた。

「ここだ！　ここにいる！」

叫びながら見れば、開武のそばには心怡の姿があり、すでに梨生のほうを指さしていた。

「梨生どのがいたぞ！」

開武の声が庭に轟《とどろ》くと、弓手たちが、わっ、と喜びの声を上げた。

一方、弓手たちを屋敷から追い出そうと奮闘していたらしき袁の用心棒たちは、さっさと自分の役目を捨てて遁走《とんそう》をはじめた。

「助かった………」

梨生は、長い安堵《あんど》の息をつき、彩華のほうへと目を向けた。

けれども、そこに彼女の姿はなかった。

室内を見回しても、気配すら感じられない。

「彩華どの……⁉」

梨生は呼びかけた。その声に応《こた》える者はいなかった。


袁が獄《ごく》に囚《とら》われてから十五日目の夕刻。

梨生は、獄に袁を訪ねた。

袁がいるのは、県庁にある石造りの牢獄《ろうごく》だった。

ちょうど、あの日、梨生が袁の屋敷で囚われていたような場所だ。

しかし、地下ではないので湿気はなかった。風通しは悪いが、それなりの涼しさはある。

それに、獄の中は、袁の甥が差し入れた物で溢《あふ》れていた。

豪奢《ごうしゃ》な寝台に上等な寝具。小簞笥《こだんす》にたくさんの着替え。鮮やかな彩色がほどこされた水差し。玉《ぎょく》の櫛《くし》や精巧な彫りの帯飾り。

けれども、寝台と寝具の他は、なにも袁の役に立っていなかった。

毎日、大量に運び込まれる食材も同様だ。

上等な肉も、新鮮な魚介も、色とりどりの野菜も、瑞々《みずみず》しい果実も、袁は一片として口にすることがなかった。

彩華が言ったとおり、袁は人肉しか食べられないようだった。そのせいで、獄に囚われた三日目には、床《とこ》についたまま動けなくなった。

いま――袁は、やわらかな寝具を敷き詰めた寝台に横たわり、うつろな目で空《くう》を見つめている。

灰色に濁《にご》った彼の目が梨生に向けられることはなかったが、まだ周囲の状況を理解する力はあるらしく、表面が乾いた、ぶよぶよのくちびるを動かし、しわがれた力ない声で訴えた。

「……主簿《しゅぼ》どの……、……江輝《こうき》を捕らえよ……」

「江輝？」

梨生は問い返した。

袁は、梨生の問いには答えなかった。けれども、彼が独《ひと》り言《ごと》のように繰《く》り出す恨《うら》みごとの中に、答えがあった。

「江輝め……。……姉の子だと思えばこそ……、特別に目をかけてやったのに……。……私を……陥《おとしい》れた。……方士に……妙な術を……かけさせ……。……私が……、飢《う》えに苦しむように……仕向けた……」

そういえば、と梨生は思い出す。

彩華は、袁が甥に都にある店の経営を任せている、と話していた。その店は繁盛し、黄金や異国の珍品が多量に袁の屋敷に運ばれてくる、とも。

梨生は直接会ったことがないが、袁の身元引受人になり、獄に差し入れをしているのも、その甥のようだった。

「……方士を差し向けたのは、袁どのの甥御《おいご》なのか？」

そうだ、と袁がうわ言のように答えた。

「方士は……、ガキの体に……血の文様を……書いた。その肉を使った料理は……、……天上の美味だった……。そのせいで、……私は、……あの美味を……追いかけずにはいられなくなったのだ……。人の肉以外、……なにを食べても……砂の味が……する……。まずい……。まずくて食べられない……。だから……」

ああ……、と袁が細くて長い息をつく。

「腹がへった……。腹がへった……。食いたい……。食いたい……。……死にたくない……」

同じだ、と梨生は言い返したくなった。

袁に食われた人々も、同じように、死にたくない、と切望したはずだ。そして、袁には、その望みに応じる機会があった。

その機会を退《しりぞ》けたのは、袁自身だ。

しかし、そんな言葉は、いまの袁の耳には届かないだろうし、梨生にしても、彼の現状を、自業自得《じごうじとく》だと嘲笑《あざわら》う気にはなれなかった。

――それに、あの日、彩華どのに聞いた話とちがっている……。

彩華は、袁が方士を食ったと言った。

だが、袁本人は、方士が術を施《ほどこ》した人間を食べた、と言う。

――どういうことだ……？

梨生は、首をかしげつつ獄をあとにした。

あの日、梨生を救うために、袁の屋敷に踏み込んできた開武たちは、厨房《ちゅうぼう》で捌《さば》かれたばかりの『少女』を見つけ、さらに大量の人骨を掘り出した。

人骨のそばには、無数の幽鬼《ゆうき》の姿があった。

彼らの死因を明らかにし、一人ひとりの骨を集め、一片の漏《も》れもなく遺族のもとへと送り返すのは、梨生の仕事だった。

獄に囚われてから二十日《はつか》目。

袁が亡くなった。

梨生は、袁の遺体を検死《けんし》し、その死に不審な点がないことを確認した。

「そろそろいいかな？　袁の甥が、遺体を引き取りに来ている」

検死を終えた梨生のもとに、智頊《ちぎょく》が自ら問いに来た。

梨生は、はい、と答え、県庁に出入りしている葬儀屋の手を借りて、袁の衣服をととのえた。

本物の葬儀屋は、驚くほど小柄《こがら》で無口な隻眼《せきがん》の男だった。

梨生と葬儀屋が袁の遺体を棺《ひつぎ》に納めると、胥吏《しょり》たちが四人がかりでその棺を運んでいく。

袁の甥——江輝は、石畳《いしだたみ》を敷き詰めた県庁の前の広場で待っていた。

彼は、ひょろりと背の高い、痩せた男だった。いささか馬面《うまづら》で、口を閉じていても前歯がわずかに外に出ている。

彼のかたわらには、若い女の姿があった。

小柄で、幼げな顔立ちなのに、深淵《しんえん》をたたえた黒い瞳《ひとみ》の奥に、他者を圧する太陽の輝きを隠している。

董彩華——。

彼女の姿を目にした梨生は、驚きに目を瞬《しばた》き、足早に彼女に歩み寄った。

「彩華どの……！」

「あら、主簿さま」

彩華が梨生に微笑みかけた。その微笑は、どこかまがまがしく、梨生は喉《のど》をつよく摑《つか》まれたような息苦しさを覚えた。

それは、彼女が意図的に発したものなのか。それとも、梨生自身が、彼女に対して釈然《しやくぜん》としない気持ちを抱いたせいなのか。

顔をしかめる梨生に、彩華が問いかける。

「どうなさったの？」

「……いや。……無事でよかった。……あの日は、とつぜん姿が消えたから」

「心配してくださったのね。優しい方。……私は、江輝さまのところにかくまっていただいていたの。そうしなければならないことはわかっていたけれど、取り調べを受けるなんて恐ろしいことだもの」

彩華が、同意を求めるように江輝の顔を見上げた。

江輝は苦笑いを浮かべた。

「叔父《おじ》の屋敷で働いていた者は皆、恐ろしい思いをしたようですからね。これからは、私があの屋敷の主《あるじ》になるわけですし、使用人たちを守ってやらなければなりません」

「……袁どのは、あなたが自分を陥《おとし》いれた、と話していましたよ」

梨生が低い声で告げると、江輝は声をたてて笑った。

「私が、なぜ叔父を?」

あら、と彩華が朗《ほが》らかな声で主張する。

「世間からは、そういう目で見られるかもしれないわね。だって、江輝さま。あなたは自分の手を汚すことなく、袁さまの築いたすべてを手に入れたのだもの。本当ならば、袁さまが病《やまい》か事故か寿命で死ぬまでは、絶対に手に入らなかっただろうものを」

この彩華の言葉に、江輝は苦虫をかみつぶしたような顔をした。

「叔父は大罪を犯《おか》し、獄に囚われたのだ」

「そうね。……思ったよりも、たくさん人が殺されたわ」

え? と梨生が彩華のつぶやきを聞き咎《とが》めた瞬間、江輝が怒鳴った。

「彩華どの!」

江輝は、怒声とともに、彩華を捕らえるべく手を伸ばす。

彩華は、ひらりと体をひるがえし、わずか数歩で門の脇まで飛び逃げた。

そして、子供のように屈託のない笑顔を江輝に向けた。

「私は、これで失礼するわ。……いつか、だれかの依頼を受けて、またあなたの前に現れるかもしれないけれど」

「ま、待て！　彩華どの‼」

江輝が血相を変えてわめいた。

彩華は意に介さず、軽やかに県庁の外へと出ていった。

梨生は、彩華を追った。彼女に確かめたいことがあったのだ。

門の外に出ると、十歩ほども離れた場所に、籠《かご》を抱《かか》えた心怡が立っていた。

彼の足許には、白い犬がいた。目薬売りの息子の由機《ゆき》の骨をくわえて現れ、『風になった』心怡を、他の骨がある場所まで導いた犬だった。

化け物でも見たような顔で犬を見下ろしていた心怡が、梨生に気付くと、恐怖に満ちた声で叫んだ。

「旦那！　女が犬になっちまった‼」

「……え？」

耳を疑う梨生の前で、犬はたちまち彩華に変じた。

彩華は、呆然《ぼうぜん》と立ち尽くす心怡の顔を覗《のぞ》きこみ、梨生のほうに振り返った。

「主簿さま。あなた、おもしろいものを飼っているわね。……おかげで助かったけれど」

その言葉は、衝撃に呑《の》みこまれかけていた梨生の意識を、現実に引き戻した。

「助かったとは、どういうことだ？」

「袁を、獄に叩《たた》きこむことができた。最初から、その予定だったけど、無能な県庁の連中は、袁に疑いの目を向けることさえしなかったのよ」

あるいは……、と彩華が声を低める。

「袁が居丈高《いたけだか》に語ったように、行方知れずになる人がいても、あえて調べる必要もない些《さ》事《じ》と考えられていたのかしらね。……だとすれば、私が甘かったわ。人肉しか食べられなくなった悪食《あくじき》野郎が、そのために獄で餓《が》死《し》するなんて、なかなかおもしろい趣向だと思ったのだけど」

「君は――」

「もう行くわ」

彩華が、懐《ふところ》からなにか文字の書かれた細長い紙を取り出し、それを自分の前で振った。と――見る間に、その姿は小鳥に変じ、抜けるように青い夏の空へと舞い上がった。

ああ、と梨生は吐息《といき》に似た声をもらす。

彼女が方士だったのだ。

――では、袁に術をかけたのは……。

梨生は、小鳥の飛び去った方角を見つめる。けれども、そこにはなにも見えない。あの夜と同じように、彩華は鮮やかに梨生の前から姿を消したのだ。

空を見上げる梨生の耳に、車輪の軋《きし》みが聞こえた。

振り返れば、棺《の》を載せた馬車を従え、袁の甥の江輝が立ち去るところだった。

彼の背を見送りながら梨生は思う。

彩華がほのめかしたように、江輝が今回の事件の黒幕だったのかもしれない。彼は、彩華に依頼をし、梨生を利用して、自分の手を汚さずに、袁を葬った――。

それは梨生の想像にすぎない。

だが、もし本当に、江輝が黒幕ならば、
彼は身を以《もっ》て知っていることになる。人の嗜好《しこう》を作り替え、破滅に導く力を持った方士がいることを。自分がそんな方士とつながりを持ってしまったことに恐怖を感じるならば、まだ救いはある――と信じたい。

梨生は息をついた。

そんな梨生のそばに、心怡がやってくる。

心怡は、まだ彩華が犬に変じ、犬が彩華に変じ、さらには鳥に変じた驚きから、完全には立ち直っていない様子だった。

自身がもと水鬼なのに、方士の存在や術に驚いている。そうした心怡の反応は、梨生のくちびるに笑みを浮かばせる。

口許を弛《ゆる》めると、鬱々《うつうつ》としていた気持ちが、すこしだけ楽になった。

心怡が抱えた籠からは、ぷんと生《なま》ぐさい臭《にお》いがした。

籠の中には、立派なひれをもつ赤い魚が数匹、入っていた。

「……うまそうだな」

梨生の言葉に、心怡も頬をひきつらせながら、なんとか笑った。

「今夜は、泉氏《せんし》おばちゃん得意の魚のあんかけだっていうからさ。もと水鬼の目を生かして、とびきりのやつらを買ってきたんだ」

「そいつは楽しみだ」

梨生は笑みを深めた。

そして、自分は、何度となく心怡に救われている、と実感する。

あの日――梨生が袁に囚われた日も、心怡はちゃんと助けを求める梨生の声を聞きとってくれた。開武が袁の屋敷に踏み込んできたのは、心怡が開武の住まいを訪ね、梨生が袁の手下に連れ去られるのを見た、と訴えたからだ。

実際には、『見た』のではなく、心怡が水を飲もうとしたときに、手杓《てじゃく》の中のわずかな水に、梨生の顔が映り、声が聞こえたからだというが。

そんなふうに。

自分も、子供たちを、妊婦を、男を、女を、老人を、袁の魔手から助けてやりたかったと思う。

梨生は、ふたたび空を仰《あお》いだ。

そこには、ただ青が広がっていた。

首のない男

雨が、蒼《あお》く濁《にご》った水面《みなも》に白い波紋の花を咲かせる。

梨生《りせい》は、雨に打たれながら土手状になった道の上から川を見下ろした。

その川は、舟を町へ導き入れるために使われている、街道沿いの細い運河《うんが》だった。雨粒に押されて、水面がすこし揺れ、川面《かわも》に浮かんだ落ち葉も揺れている。

水が濁っているので、川底の様子までは見えないが、かすかに生《なま》ぐさい臭《にお》いが鼻を突いた。ここ数日、降り続いている雨に流されて、泥土《でいど》や腐った落ち葉が堆積《たいせき》しているものと推察《すいさつ》された。

梨生は息をつき、路肩に横たえられた若い女の遺体に目を向けた。

彼女は、つい先刻まで、そこにいたらしい。

遺体を引き揚げた者たちの話によれば、うつぶせになり、力なく両腕を広げ、落ち葉と一緒に水に浮かんでいたそうだ。

いま、彼女は仰臥《ぎょうが》している。

固く閉じられた目と薄く開いたくちびる。生気のない顔には、解けた黒髪がへばりついている。細い首には、赤紫色の圧迫痕《あっぱくこん》が、飾りのように巻きついていた。

梨生は、かるく身ぶるいをした。

まだ冬の訪れには遠いが、陽《ひ》のない雨の日は空気が冷たい。

川の水も、もうかなり冷たいだろう。

彼女は、その身を川に投じられたとき、はたして息があったのか？

もしも、息があったのならば、水の冷たさに震えただろうか。それとも、肺を圧する水の勢いに苦しみ、冷たさを感じる余地はなかったか。あるいは、気を失っており、そのまま逝《い》ったのだろうか。

それを調べるのは梨生の仕事だった。

梨生は、遺体のそばに身をかがめた。

女の冥福《めいふく》を祈り、手を合わせ、あらためて女の全身を注意深く見つめる。

女は、質のいい生地《きじ》で仕立てた衣服をまとっていた。布地に詳しくない梨生が見ても、ぐっしょりと濡《ぬ》れていても、すぐにわかるような高級品だ。

しかし、装身具はひとつも身につけていなかった。かすかに曲がった指には、太い指輪の跡があるというのに。

「物盗《ものと》りのしわざですかね……？」

助手の黄稀《こうき》が、女の手を持ち上げた梨生の手元を見て、独《ひと》り言《ごと》のようにつぶやいた。驚くほど小柄《こがら》で、色黒で、隻眼《せきがん》の黄稀の本業は葬儀屋だが、検死《けんし》のときには定めに従い、梨生の助手となる。

彼は、なかなか優秀な助手だった。

なによりも遺体の扱いに慣れていた。

それに、無駄話も好きではなかった。検死中は、いつも独り言のように小さな声でつぶやくだけだった。

だから、梨生も独り言のように小さな声で応じた。

「……どうかなあ」

憶測を持って検死に当たるべきではない——と思う。少なくとも、そのように努めるべきだと考えている。憶測は、検死に偏《かたよ》りを生じさせ、見るべき部分から目を逸《そ》らさせる危険があった。

もちろん、なにも考えないままに遺体と向き合うことは不可能だ。

それでも、自分を律《りっ》する必要を感じる。

それでなくとも、梨生の目には余分なものが映っている。

女の遺体のそばには、同じ女が立っていた。同じ衣服を身につけ、同じ顔をした女だ。

ただし、その女は、遺体と違って水には濡れておらず、だらりと下げた腕の先、細い指には大ぶりな金の指輪が嵌《は》まっていた。

女は、青ざめていた。

首《こうべ》を垂れ、虚《うつ》ろなまなざしで空を見つめている。

その姿は、冷え冷えとした空気をまとい、現実の中にありながら、現実から隔絶された感があった。

おそらく、その女の姿は梨生にしか見えていない。

幽鬼《ゆうき》――亡霊だ。

もっとも、梨生の目に映るのは、遺体となった女の生前の姿だけだ。紙に写された画姿《えすがた》のようなもので、なにもせず、なにも告げはしなかった。

――絞《し》め殺されたのか……？

梨生が、遺体の首もとに触れようとしたとき、ざっ、と音をたてて雨の勢いが強まった。

遺体を搬送《はんそう》するために同行していた数人の胥吏《しより》たちが、うわっ、と声を上げた。

梨生は即座に決断し、指示を出した。

「遺体を県庁に運んでくれ」

胥吏たちは待ち構えていたかのように、すばやく動きだした。

梨生も、黄稀をうながして馬に乗る。証拠品が落ちている可能性を鑑《かんが》みて、なるべく最初の検死は現場で行うようにしているが、こんな大雨の中で遺体を検《あらた》めれば、かえって証拠を失う危険があった。

それに、黄稀や胥吏たちに風邪《かぜ》をひかせるわけにはいかなかった。

県庁に戻った梨生は、黄稀の手を借りて、安置室で遺体を検めた。見るかぎり、死因は、やはり首を絞められたことによる窒息《ちっそく》のようだった。女の爪《つめ》のあいだには、ごく少量だが、抵抗したときに、相手の手の甲から掻《か》きとったと思《おぼ》しき皮膚片《ひふへん》が入っていた。

「相手はけがをしていますね……」

黄稀が、ぼそぼそとつぶやく。

梨生はうなずき、女の遺体の状態を紙に描《か》きとった。指輪の跡があることも、どの指の爪に皮膚片が入っていたかも、詳しく描きとる。

勢いづいて、つい幽鬼の指に嵌まった指輪まで描きそうになってしまったが、あわてて自分を戒《いまし》めて筆を止めた。『ない』はずのものまで描いては、また世間の疑いと好奇の目を集めることになりそうだった。

先の袁《えん》の『人肉食事件』でも、なぜ赴任《ふにん》したばかりの梨生が、目薬売りの息子を探していたのかが疑問視されていた。もちろん、だからといって、梨生が取り調べを受けることはなかったが、「実は梨生は袁の一味だった」とか、「袁を邪魔に思う商売敵《がたき》に雇《やと》われて、ひそかに袁を葬《ほうむ》りに来た」とか、甚《はなは》だしきは、「皇帝の密命を受けて、心根の正しからぬ地方の富豪を成敗《せいばい》に来た道士《どうし》」などという現実味のないうわさが、まことしやかに流れていた。

——まあ、実害はないからいいんだが……。

梨生は、女の遺体と幽鬼を見比べる。

袁の事件には、董彩華《とうさいか》という女方士《おんなほうし》が絡《から》み、裏で糸を引いていた。

よもや、この女の死にも関《かか》わりが——と梨生が知らず顔をしかめた直後、県尉《けんい》付きの弓手《きゅうしゅ》が入室の許可を求める声が聞こえた。

「失礼してもよろしいでしょうか、主簿《しゅぼ》さま！」

若い弓手の声は、寒々とした安置室に響き渡った。

めったには感情を顔に表さない黄稀が、かすかに顔をしかめた。

梨生は、どうぞ、と応《こた》えた。実際に、事件を捜査し、犯人を捕縛《ほばく》するのは、県尉の劉開《りゅうかい》武《ぶ》とその下につく弓手たちだ。彼らには、もちろん遺体の状況をつぶさに知る権利があった。

許しを受けた弓手は、いささかぎくしゃくとした動きで部屋の中に入ってきた。棚《たな》や机にぶつからないように気をつけてはいる一方で、なんとか遺体に目を向けないように努力している。

――できれば見たくないものだからな……。

梨生は、安置台の前に出て弓手を迎え、まずは彼の言葉を待った。

弓手は、あからさまに安堵《あんど》の表情を浮かべ、場違いに大きな声で告げた。

「県尉さまの伝言をお持ちしました。その女性《にょしょう》を殺した犯人を捕縛した、とのことです」

「……えっ？」

梨生は驚きの声をもらした。

遺体の髪を乾かしていた黄稀も、驚きゆえか手を止めた。

弓手は、淡々と続けた。

「詳しいことは存じませんが、どうやら密告があったようです。詳細につきましては、県尉さまがご自分で確認なさりたいとのことでした」

「では、開武どのは、こちらにいらっしゃるかな」

梨生の言葉に、弓手は苦笑をこぼした。

「県尉さまは、主簿さまのお宅へ行く、とおっしゃっておいででした。なんでも、昨日、主簿さまのお宅に持っていかれた猪肉《いのししにく》で、蒸餅《じょうべい》を作ってもらう約束になっているから、と」

「……ああ、そうだったな」

そんな約束が交わされていたとは初耳だが、たしかに猪肉は受け取った。受け取ったのは、梨生ではなく、家僕《かぼく》の陽《よう》の妻、泉氏《せんし》だが、同じことだった。

梨生が幼いころから仕《つか》えてくれている泉氏は、以前から評判の料理上手だ。両親亡きあと、梨生を育ててくれた叔父《おじ》の家を出るときも、もともと梨生の使用人である陽や泉氏を伴《ともな》うことには反対しなかった叔父をさしおき、厨房《ちゅうぼう》を預かる叔母《おば》は、ひそかに泉氏を慰留《いりゅう》したらしい。

おそらくは検討に値《あたい》する好条件を示されつつ、それを意にも留《と》めずに梨生に同行した泉氏は、その腕前で、県庁で働く人々を懐柔《かいじゅう》し、早々に怪《あや》しいうわさの標的となった梨生を助けてくれていた。

弓手の退室を待って、梨生はもう一度、簡単に遺体を検めた。

やはり、絞殺の他に疑うべき死因は見当たらなかった。

今回の仕事は、これで終わりだ、と見切りをつけた梨生は、黄稀にも家によって蒸餅を持って帰るように勧《すす》めた。黄稀の妻は働き者だが、葬儀屋の仕事に追われがちで、幼い子供たちの食事の用意に難儀《なんぎ》している。

黄稀は、遺体をきれいにしてから行きます、と答えた。

たしかに、いまのうちに髪や体を洗っておけば、遺族のところへ送り届けるときに面倒がない。

梨生は、黄稀に後を任《まか》せて、県庁の敷地内にある自宅に引き上げた。ちょうど辺りが暗くなるころで、適度に腹が空《す》いていた。

家の中に入ると、美味の予感をはらんだ湯気が、心地よく梨生の鼻をくすぐった。空《から》っぽになった腹が、ぐう、と鳴った。

蒸餅は基本、水で練った小麦粉を発酵《はっこう》させ、文字どおり蒸《む》して作られる。中に餡《あん》を入れず、飯の代わりに食す物から、表面に干し棗《なつめ》をまぶした棗餅《もち》、また肉や魚、野菜、木の実などで作った餡を包んで作られるものもある。餡も、生の材料ばかりを使う生餡から、調理済みのもの——たとえば、揚げて薬味の効いたたれに漬け込んだ肉など——を使う熱餡《あつあん》、生餡と熱餡を混ぜ合わせた生熱餡など、さまざまな形があった。

「いい匂いだな」

ふかふかとした生地から溢《あふ》れだし、口中に広がる肉汁《にくじゅう》の美味を想像した梨生は目を細めたが、出迎えの陽は浮かない顔で詫《わ》びてきた。

「申しわけありません、旦那さま。今夜の食事は、汁《しる》かけの湯餅《とうへい》です」

「ん……？　蒸餅じゃないのか？」

「はい。蒸餅の下ごしらえは終わっているのですが、薪《まき》小屋の屋根に穴が開いているのに気づかず、薪を湿らせてしまいました。県尉さまもいらっしゃいましたし、失礼ながらと り急ぎ、無事だった薪で昼食の湯餅を温め直して、お出ししたのです」

「そうか。まあ、今日は冷えるから、湯餅もうまいだろうな」

「県尉さまも、そうおっしゃって、いま客間で湯餅を召しあがっておいでです。心怡《しんい》さんが、県尉さまに一筆《いっぴつ》いただいて、知県《ちけん》さまのところへ薪をお借りしに行きましたから、夜食にはお出しできると思うのですが」

「では、開武どのに泊まりを勧めるようだな」

　開武は二つ返事で応じるだろう、と梨生は思った。彼は独身で、なおかつ梨生と同様、県庁の敷地内に居《きょ》を構えている。彼の家には、母方の親族が数人、同居しているらしく、それが煩《わずら》わしいのか、これまでにも何度も梨生の家に泊まっていた。

「酒の用意もいたしましょうか」

「うん。……ああ、あとで黄稀が来るはずだから、彼にもなにか蒸餅の代わりを持たせてやってくれ」

「承知しました。妻にも、そのように伝えておきます」

「そうしてくれ。……わたしの湯餅も早くな」

梨生が遠慮がちに命じると、陽が笑みを深めた。彼は、梨生が右もわからない乳飲《ちの》み子《ご》のころから、その成長を見守っている。だから、いささか子供じみた空腹の訴えに微笑《ほほえ》ましさを感じたのかもしれなかった。

梨生は、頰《ほお》を赤らめつつ客間へ向かった。

その途中、ふと窓の外に目をやれば、もう雨は止《や》んでいるようだった。

客間では、椅子に腰かけた開武が、大きな鉢《はち》を抱《かか》えて湯餅をすすっていた。足を組んだ開武の膝《ひざ》の上では、大人になりかけた三毛猫が丸くなって眠っている。

梨生の姿を認めた開武は、鉢を置いて手の甲で口許《くちもと》をぬぐい、隆《りゅう》とした体格やいかつい顔に似合わない優しい手つきで猫をなでながら笑いかけてきた。

「失敬。梨生どのを差し置いて、先にいただいていたぞ」

「かまいませんよ」

梨生は笑みを返し、開武の斜め向かいに腰を下ろした。

「こちらこそ、不手際《ふてぎわ》で申しわけありません。せっかく猪肉をくださったのに」

「いや、いいんだ。待てば食えるからな」

開武は、あっさりと言い、また眠る猫をなでた。

梨生は、ごろごろと猫が喉《のど》を鳴らす音を聞いた。心怡と出会うきっかけになった、川で助けた子猫は、梨生の家族の一員になっていた。

もっとも、主《あるじ》である梨生にはなつかない。泉氏や陽の言うことは聞くが、しかたなく従っているという風情《ふぜい》だ。心怡にいたっては、頭から無視をされていた。

そんな猫が、たまに訪ねてくる開武には、べったりと甘える。

開武も、慣れた手つきで猫をなでる。

それならば開武とともに暮らした方が幸せだろう、と猫を譲る話をもちかけたこともあったが、梨生の提案は開武にも猫にも退《しりぞ》けられた。

開武は、家族に猫が嫌いな者がいる、と言ったのだ。猫は、話をもちかけた梨生の顔を、爪を出さない前足で叩《たた》き、つよい怒りを表した。

偶然かもしれないが、梨生はそれを猫の拒絶だと感じ、家に置き続けることにした。

ほどなく、心怡が梨生の湯餅を運んできた。

心怡は、梨生の前に鉢を置くと、興奮気味に口を開いた。

「なあ、旦那《だんな》。智頊《ちぎょく》さまの屋敷で、天女《てんにょ》みたいにきれいな女を見たんだ。あれは、智頊さまの奥方かな？」

この問いに、開武が言葉を重ねた。

「俺も見たことがあるぞ。わりと背の高い女だろう?」

心怡がうなずくと、開武は腕を組み、記憶の中の美女の姿を楽しむように目を閉じて、ゆっくりと首を左右に振った。

「俺は、智頊さまの妹君かと思ったね。ちらとしか見たことがないが、どこか顔立ちが似ているようだった」

梨生は、首をかしげつつ開武に尋《たず》ねた。

「何度か、智頊さまのお宅を訪ねましたが、ご家族には会ったことがありません。智頊さまは、奥方や妹君をお持ちなのですか?」

「さあな。俺も実は、智頊さまの家族にはお目にかかったことがない。ただ、科挙《かきょ》の難関を突破してこられた方々は、赴任前に結婚するのが通例だからな。そういうもんだろう、と思っているんだ」

「でも、梨生の旦那は独身だぜ。開武の旦那」

心怡が、納得しかねるという顔で異論を唱えた。

開武は右手の人差し指をたてて、ちっちと左右に振った。

「それが通例なんだよ。たいていは、官吏《かんり》の利権を利用したいと考えている富豪の娘か、官吏としての出世に役立つ同輩や、上司の娘と結婚するもんだ」

「そういう開武の旦那も独身じゃないか」

心怡の指摘を受けた開武は、にやりと笑った。

「俺は、梨生どのや智頊さまとはちがう。恩蔭《おんいん》で官職を得た身だからな。ここでの任期が明けたあと、また県尉の職を拝命できるかは疑問だし、これ以上の出世もない。そんなやつのところへ嫁にくる女もいないだろうさ」

「ですが、盗賊を十人捕まえれば、出世が望めると聞いていますよ？」

梨生の反論を、開武は鼻で笑った。

「十人ねぇ……。この十人は、窃盗犯《せっとうはん》じゃなくて盗賊だからなあ。命がけの大捕り物だ。しかも、盗賊を十人捕らえたあとは、さらに官職についている十人の推挙者《すいきょしゃ》を用意しなけりゃならない。そいつらは、俺がヘマをしたら、一緒に責任をとらされるんだぜ？　それほど俺を信用してくれる官吏は十人もいないと思うね。俺のことを信用していないのに、推挙してやろうってやつは、俺を便利に利用したいろくでなしだろうしな」

さて、と開武は背筋を伸ばし、梨生のほうへと身を乗り出した。

「梨生どのは、なんで結婚しないんだ？」

「……その予定だったんですが、婚礼の朝に、花嫁が別の男と駆け落ちしてしまったんですよ」

梨生は、苦笑まじりに打ち明けた。

開武は一瞬、言葉に詰まり、視線をうろつかせた。

なんてこった、と心怡がつぶやいた。

梨生は、いっそう苦笑を深めた。

「自慢げに話すことではないのですが……」

「そうだな。……あ、いや、……まあ、たまに聞く話だな」

「ええ」

「……その、……花嫁は、どんな男と逃げたんだ?」

開武が聞きにくいことを聞いた。彼のほうが狼狽《ろうばい》している、と梨生は感じ、おかしさと申しわけなさを同時に覚えた。

「相手の男のことは知りません」

「……そうか」

「花嫁のことも、よくは知らないんですけどね。叔父から聞いた話によれば、年は十七、小柄で丸顔の愛らしい女性だ、ということでした」

「……それで?」

「なんです?」

「いや、その、……それで、梨生どのはどうしたんだ？」

「どう……とは？」

「花嫁を探したのか？」

「いいえ。……花嫁付きの小間使いの話によれば、もともと恋仲にあった男と逃げたようですし、それほど好いた相手がいるなら、その男と一緒になったほうが、彼女も幸せだろうと思ったんです。……わたしにしても、他の男を想《おも》っている女性と暮らすのは、あまり楽しいことではないような気がしましたからね。……たしかに、あちこちに多大な迷惑がかかりましたが、結果としては、それほど悪い事態ではなかったように思います」

　梨生は、飾らずに胸の内を打ち明けた。

　しかし、開武は渋《しぶ》い顔をした。

「そいつは、どうかな」

「問題がありますか？」

「ああ、あるね。……梨生どのの花嫁ならば、それなりに金持ちの娘だったんだろう？」

「はい。手広くお茶を扱っている商家の娘さんでした」

「だったら、相手は貧乏な男だな。金持ちの娘と駆け落ちするのは、たいてい貧乏な男と相場が決まっている。金持ちの男や、官職につける見込みのある男は、しかるべき人物に仲介を頼んで、正々堂々と娘の家を訪ねればいいだけだからな」

「……婚約者がいたら、断られる可能性もありますよ」

「む……。まあ、それは横に置いておいて、だな」

開武が、なにやら大きなものを、自分の前から左脇へ置き換《か》える真似《まね》をした。

「やはり、金持ちの娘と貧乏な男という組み合わせが、いちばん多い。娘の親に相手にされないからな。かといって、娘を勝手に自宅に連れて帰れば、役人に踏み込まれることになる。残された道は駆け落ちだ。……その道の先は、当人たちが考えているよりも険《けわ》しいものだがな」

「……険しいですか？」

梨生が抑《おさ》えた声音《こわね》で尋ねると、開武は大げさなほど大きくうなずいた。

「険しいね。結婚、つまり新しい所帯を持つとなると、かなりの金がかかる。しかも、駆け落ちとなれば、ほとんど無一物の状態からはじめることになるんだ。女のほうの機転がきいたり、男に入れ知恵されて、家から幾ばくかの金を持ちだすなら、まあ当面は暮らせるだろうが、金は使うとなくなるからな。……なくなるよりも早く、男が稼《かせ》げればいいんだが……」

「むずかしい……ですか？」

「そう思うぜ？　よほど腕のいい職人や、私塾が開けるような秀才ならばともかく、手に職のない連中は、まず割のいい仕事にはありつけない。長屋で暮らして塩を舐《な》める生活に、女ががまんできればいいけどな。金持ちは、贅沢《ぜいたく》な暮らしになれている。落差が大きすぎると、気力を消耗《しょうもう》する。愛情も薄れてこようってもんだ。逆に、男も、いろいろな苦労を女のせいにしたくなる。お互いに、駆け落ちしたことを後悔する。もう夫婦でいることをやめたくなる。けれども、女が家に戻れるとはかぎらない」

「詳しいな、開武の旦那。経験があるのかい」

心怡が笑いを含んだ声で揶揄《やゆ》した。

開武は、ゆっくりと首を左右に振った。

「残念ながら経験はないが、たまに見聞きする事例だ。……今日の午後、川から引き揚げられた女の件も、それ絡みだ」

「え……っ⁉」

梨生が思わず声を上げると、開武はどこか気の毒そうな顔でうなずいた。

「あの女は、駆け落ちの相手に殺されたんだ」

「では、開武どのが捕縛した犯人というのは……」

「女の亭主だよ。……金持ちの娘と恋仲になって、駆け落ちしたまではよかったが、暮らしに困って女の持ち物を売ったんだ。そのことを女に咎《とが》められて大喧嘩《おおげんか》になった。直後に二人が家から出ていったんで、となりの家に住む婆《ばあ》さんが心配して県庁に届けを出したんだ。……本人は、密告のつもりだったのかもしれないけれどな」

なるほど、と梨生はひとりごちた。

政府は、犯罪を未然に防ぐ、もしくは、迅速《じんそく》に解決するため、密告を奨励《しょうれい》している。密告者は、その内容が虚偽《きょぎ》でないかぎり、報奨金《ほうしょうきん》をもらえる仕組みになっている。

今回の事例は、通報が事件前のようなので、はたして密告に当たるかどうかは怪しいが、とりあえず隣人の届け出が犯人の捕縛に結びついたのだから、多少の効力はあったと考えるべきかもしれなかった。

「……開武どのが捕縛した男の手に、ひっかき傷がありましたか?」

「ああ、あった。……女の爪には、男の皮膚が入っていたか?」

「ええ。首を絞められたとき、抵抗した跡だと思います」

「……それでも死ぬまで首を絞めたんだからな。駆け落ちした相手にすることじゃないぜ」

開武が息をつき、すっかり冷めてしまった湯餅に手を伸ばした。

梨生も、自分の前に置かれた鉢に手を伸ばす。

心怡ががりがりと頭をかいて、無言のまま部屋を出ていった。

梨生は、汁を吸ってぬるくなった湯餅を口に運びながら、顔も知らない花嫁のことを考えた。あのときは、さほど悪くない結果だと思ったが、開武の話を聞けば、自分の浅はかさがいまさらのように理解できた。

たしかに、若い二人が暮らしを安定させるのは、並大抵のことではない。しかも、双方の実家からの援助は望めない。暮らしに行き詰まっても、実家に帰るという選択は、かならずしもできないだろう。駆け落ちは、親の顔をつぶす行為だ。親にかかる金銭的な損害もかなり大きい。

現実に、梨生の叔父は、花嫁の親から謝罪の金品をせしめていた。それが通例だとはいえ、花嫁の退路を断つ要因のひとつになり得る。

――真剣に探すべきだったのか……？

そして、相手の男を誘拐犯《ゆうかいはん》として捕縛させる？　花嫁を悲しませ、恨みを買って、それでも君のためだと涼しい顔で主張する？

――それも、どうかな……。

梨生は息をついた。

開武が、ちらりと横目で梨生の顔を見て、素知らぬふりで湯餅の汁を飲みほした。

翌日から、男の取り調べがはじまった。

それは、もう開武《かいぶ》の職域だったが、情報は逐一《ちくいち》、梨生《りせい》の耳に入った。犯行の理由は、あの雨の日に、湯餅《とうへい》を食べながら開武が語った内容とさほど変わらなかった。男は、新生活に疲れ、困窮《こんきゅう》して女の持ち物を売り、それを責められて犯行に及んだのだ。

取り調べが一段落すると、男の身柄《みがら》は州の役所へ移された。死刑を宣告される可能性のある事案は、県では結審できない。昨今は、死刑判決を避ける動きが顕著《けんちょ》だが、最終的に下される判決は、もはや梨生たちの与《あずか》り知らぬところだった。

検死《けんし》の報告書をまとめたあと、梨生は智頊《ちぎょく》に命じられ、女の遺体を県のはずれにある寺へ運んだ。

家名を汚《けが》した、という理由で、遺族が引き取りを拒《こば》んだのだ。

梨生たちの一行を迎えた僧の法仁《ほうにん》は、そうした遺族の対応を非難する一方で、手厚く菩《ぼ》提《だい》を弔《とむら》うと約束した。見渡すかぎり、民家の一軒もない山中の寺は寂《さび》しかったが、素朴《そぼく》ながらよく手入れされた庭には趣《おもむき》があり、寺へと続く道の両側に広がる竹林はさわやかな空気をたたえ、愛した男にも、家族にも見捨てられた女が眠るには、さほど悪くない場所に思われた。

梨生が遺体を運んだときには、もう女の幽鬼《ゆうき》は影が薄くなっていた。人の形をした、色の濃い空気が、ぼんやりとそこにあるという程度にしか知覚できない。梨生の目に映る幽鬼が、生前と同じ姿を保てる期間は、亡くなった人それぞれによって異なるようだった。

いつまでも姿形がはっきりとした幽鬼もいれば、すぐに消えてしまう者もいる。そうした差が、なぜ生まれるのか、梨生はふしぎに思ったが、とくにつきつめて考えることはしなかった。

女の遺体の搬送《はんそう》には、丸三日かかった。県庁から寺までの距離が遠いのに加え、棺《ひつぎ》を運搬したからだ。法仁は、梨生に寺に泊まり、翌朝、県庁へ帰るように勧《すす》めた。梨生は、すこし迷ったが、ありがたく法仁の申し入れを受けることにした。

山中の寺での宿泊とあって、静けさが逆に耳につき、寝苦しい夜をすごすことになるかもしれない、と予想したが、月影のさやかな秋の夜は、山の獣《けもの》たちも活気づくらしく、イノシシが灌木《かんぼく》をへし折りながら山を闊歩《かっぽ》する音や、伴侶《はんりょ》を探すシカの鳴き声などが響き、なかなかにぎやかだった。これならば、県庁の夜のほうが、よほど森閑《しんかん》としていた。

翌朝、梨生たちは、法仁に礼を言って寺をあとにした。

荷車を持ち帰らなければならないので、さほどの速度は出せなかったが、棺がないぶん、気が楽だった。

昼前には、川沿いにある小さな町で、早めの昼食をとった。

川土手では、大勢の人足《にんそく》が働いていた。どうやら、堤防を補修しているらしい。

梨生たちが入った店の主人は、先の大雨で堤防が決壊し、町の者は皆、たいへんな辛苦《しんく》を味わったが、お上《かみ》の計らいで堤防が補修されることになったのだ、と話した。

「では、作業をしているのは、廂軍《しょうぐん》の兵士ですね」

随行《ずいこう》の胥吏《しょり》、王祥《おうしょう》が働く人足たちを見ながら言った。

廂軍は、およそ州ごとに統括《とうかつ》される地方軍だ。兵士は基本、希望者を募《つの》る形で集められ、家族ともども宿営地《しゅくえいち》に暮らす。『兵士』と呼ばれているものの、戦闘に参加することは仮定されておらず、公共事業としての土木や建築工事、物品の輸送、省庁の警護などに従事していた。

今回、梨生とともに女の遺体を運搬した人足も、県庁付きの廂軍の兵士だった。もっとも、彼らは県庁の近くに宿舎を割り当てられていて、特別な事情がないかぎり、宿営地に戻ることはなかった。

「そういえば、智頊さまの屋敷の門番も、廂軍の兵士なんですよ」

王祥が、ふと思い出した様子で、笑いながら言った。

梨生は、いねむりばかりしている老《お》いた門番の姿を頭に浮かべた。小さな木製の椅子に座り、警護のための棒杖《ぼうじょう》にもたれて眠る老人は、とうてい『兵士』という様相ではなかった。

——兵士は給料制だからなぁ……。

食うには困らないが、蓄財はむずかしい。また、適度な福利厚生《ふくりこうせい》があり、蓄財の必要性を感じない仕組みになっている。

けれども、年をとるほど給料が減るから、蓄財をしなければ、死ぬまで働き続ける必要が生じる。

自然、廂軍の中には、行き場のない老兵が溜《た》まっていく。

彼らは、生活に困窮しながら、地方官吏《かんり》の温情にすがり、なんとか日々をしのいでいる。知県《ちけん》の屋敷の門番の職にありつき、とがめだてされることもなく昼寝を楽しめるなら、それなりに恵まれた立場といえた。

昼食を終えた梨生たちが店を出て、ふたたび帰途についた直後。

粗末な衣服に身を包んだ、三十歳前後の痩《や》せた男が、大声で梨生を呼ばわりながら追いかけてきた。

主簿《しゅぼ》さま、と懸命《けんめい》に叫んでいるのは、昨日、女の遺体を運んだ寺で下働きをしていた男だった。

「なにかあったのでしょうか？」

王祥が首をかしげ、梨生の馬を曳《ひ》く足を止めた。

荷車を曳く人足たちも怪訝《けげん》そうに顔を見合わせる。

梨生は馬から下りて男を迎えた。男は、よほど急いで駆けてきたらしく、梨生のすこし手前で足をよろめかせ、ひれ伏すように地面に倒れ込んだ。

「だいじょうぶか？」

梨生が身をかがめ、男を助け起こすと、男はぜいぜいと荒い息に喉《のど》を鳴らしつつ詫《わ》びた。

「も……申しわけございません……、お急ぎのところ……」

「かまわないから、すこし息をととのえるといい」

梨生が男の背中をさすっていると、つい先刻まで昼食を食べていた店の主人が、水の入った柄杓《ひしゃく》を手にやってきた。

男は、主人に礼を言い、差し出された柄杓の水を一気に飲んだ。

それから、ようやく人心地ついたように、大きな息をひとつ吐き、さらに二、三度、深呼吸してからあらためて口を開いた。

「主簿さまには、いま一度、寺へお戻りいただきたいのです。……寺の敷地から、あきらかに殺害されたと思《おぼ》しき遺体が見つかりました。それも、尋常《じんじょう》ならざる有様なのです」

秋は日暮れが早い。

梨生は、王祥とともに馬を駆って寺へと急いだ。気の毒だが、人足たちと知らせを運んだ男は町に置き去りにした。

竹林のあいだに伸びる細い道を抜けて、山号《さんごう》を掲《かか》げた巨大な額《がく》を頂《いただ》く山門にいたると、山門の脇《わき》にたたずんでいた老人が駆け寄ってきた。その顔には、あからさまな安堵《あんど》の色があった。

「ああ、主簿さま!!　よくお戻りくださいました!」

「遺体が出た、と聞いたのだが……」

梨生は馬を下りると、王祥に手綱《たづな》を預けて老人の案内に従った。

老人は、こちらです、と足をもつれさせつつ案内に立ち、寺の庭を抜けて、裏山のほうへと進んでいった。

庭から山へと続く境にも、小さな竹林があった。

老人は、竹林の入り口から奥へ向かって大声で叫んだ。

「法仁さま!!　主簿さまがお戻りになられましたぞ！」

すると、すぐさま声が返り、ほどなく美しく手入れされた竹林の奥から法仁が現れた。

法仁は青ざめていた。

いつも梨生が見る幽鬼《ゆうき》のように。

「よくぞお戻りくださいました!!」

法仁が、梨生の腕をつかんだ。その動きに横柄《おうへい》さはかけらもなく、すがりつくような必死さが感じられた。遺体を見つけてから、もうかなり時間がたっているはずだが、むっちりと肉づきのいいくちびるは青紫色で、梨生の腕をつかんだ手は小刻みに震えていた。

「拙僧《せっそう》は卒倒《そっとう》してしまいそうです……」

法仁が掠《かす》れた声で訴え、梨生を竹林の奥へと引っぱっていった。そこには、六人ほどの男たちが輪を描くように並んでいた。

男たちは、梨生が近づくと、さっ、と脇《わき》によけて場所をゆずった。

彼らの体に隠れていた場所に、人間が一人、倒れていた。

おそらく——男だ。

細身ながら筋骨《きんこつ》のたくましさを感じさせる肢体《したい》も、若々しさを備えつつも節《ふし》くれだった長い指も、掌《てのひら》の大きさも、身につけている衣服も、どれもが男であることを示している。

けれども。

梨生が確信を持つには、それなりの時間がかかった。

男女の別を、瞬時に判別させうるもの——頭部がなかったのだ。

湿った竹林の地面の上に倒れているのは、首のない遺体だった。

遺体には、一見したところ、傷がなかった。切断された首から流れ出た血が、衣服の首もとを赤く染めているだけだ。

だが、注意深く遺体を裏返すと、背中に丸い血のしみが広がっていた。

梨生は顔を上げて、周囲に立つ男たちに視線を巡らせた。

まだ日暮れには間があったが、日は陰《かげ》りはじめていた。頭上には、うっそうと笹の葉がしげり、傾きかけた日の光をさえぎっている。おかげで、その下に立つ男たちは、全員が幽鬼のように見えた。きっと、梨生自身でさえ、そう見えただろう。

とはいえ、やはり生者と幽鬼は様子が異なっていた。

男たちの中に、動かず、声を発しない者がいた。他の男たちよりも顔色が悪く、力なく首《こうべ》を垂れている。

その顔には金印《きんいん》――すなわち罪人を表す刺青《いれずみ》が彫られていた。

罪人――とはいえ、こんなふうに殺される理由が、はたしてこの男にはあったのか？ 冷たい朝露《あさつゆ》に濡《ぬ》れた体は、やるせなさを感じさせる。

「主簿さま……」

法仁が震える声で呼びかけてきた。

「これは……、殺人……ですな？」

ええ、と梨生はうなずいた。

法仁が吐息《といき》まじりに言葉を継いだ。

「この男は、寺の者ではありません。近隣の者でもないと思います。……主簿さまのお戻りを待つあいだ、皆に確認してもらいましたので」

法仁が、視線で周りにいる男たちを示した。彼らは、法仁の呼びかけに応じて集まった、近くの住民たちであるらしい。

梨生は、あらためて男たちに尋《たず》ねた。

「この遺体がだれなのか、心当たりのある者は？」

男たちは顔を見合わせ、首を横に振った。中年の男が、覇気《はき》のない声でぼそぼそと答えた。

「このあたりは家数が少ないので、たいていの住人の顔はわかりますが、この遺体はだれにも合致《がっち》しないと思います。……首がないので、まったく知らない相手だ、と断言はできないのですが……」

なるほど、と梨生はうなずいた。

遺体が、近隣の家に出入りする商人や職人である可能性までは否定できない、というわけだ。

──ならば、顔の刺青が目印になるかもしれない……。

しかし、それを問うには、ためらいがあった。

男たちは、梨生がなぜ首のない遺体を見て刺青のことを問うのか、と不審に思うかもしれなかった。

袁《えん》の事件でも、梨生がなぜ目薬売りの息子を探したのかが取りざたされた。

昨夜、梨生が泊まった寺で、首のない他殺体が出る──これは、対応に気をつけるべき事件のように思われた。

もちろん、ここでなにも問わず、遺体の身元を確かめる機会を棒に振る気はなかったが。

「この界隈《かいわい》で、顔に墨《すみ》を入れた者を見かけた者はいないか？」

「……は？　顔に……刺青……ですか？」

「そうだ。……首を持ち去られたということは、……顔に、格別の特徴があったのかもしれない……と思ったのだ。……特徴といえば、……一般的なのは刺青だ。だから、……とりあえず確認しておこうと考えた」

梨生の苦しい説明を、男たちは存外にあっさりと受け入れた。梨生自身、自分の説明に、なんとなく合点《がてん》のいく心地がした。

犯人は、被害者の身元をわからなくするために、首を持ち去ったのかもしれない——。

それは妥当《だとう》な想像のように思われたが、男たちの返答は捗々《はかばか》しくなかった。

「このあたりに、顔に墨を入れた者はおりません」

「私も存じません」

「出入りの商人や職人にも、心当たりはございません」

またも顔を見合せながら男たちは口々に言う。その口調にも、態度にも、あやしいところは見受けられなかった。

梨生は、首のない遺体を寺へ運び、人の出入りのない部屋に安置してくれるように法仁に頼み、ひとしきり周辺を捜索した。それは本来、県尉《けんい》の開武が率いる者たちの仕事だったが、そんなことを言っていられる状況でなかった。

もっとも、遺体の周辺からは、犯人につながるような物品は発見できなかった。

日が暮れるころに、町に置き去りにした人足たちと知らせを運んだ男が寺へ戻ってきた。

梨生たちは、もう一晩、寺に泊まることになった。

早めの夕食をとったあと、梨生は遺体を検死した。

遺体の衣服を脱がせて調べたところ、男の命を絶ったのは、背中から心臓に達したと思われる傷のようだった。あるいは、持ち去られた頭部に、別の傷があるかもしれないが、それはこの時点では調べようがなかった。

男の足許《あしもと》には、転倒を疑わせる傷はなかった。

ただ、ズボンの膝《ひざ》の部分が、白っぽい埃《ほこり》に汚れていた。

可能なかぎり遺体を調べた梨生は、紙と筆をとり、そばにたたずむ幽鬼の顔を描《か》いた。

幽鬼は、いささか馬面《うまづら》で、頬骨《ほおぼね》が張り、顎《あご》がすこし歪《ゆが》んでいた。目《め》が丸く大きくて、目尻《じり》には笑いじわが刻まれている。いまは、にこりともせず、虚《うつ》ろな面持《おもも》ちをしているが、生前は人のよさを思わせる笑顔の持ち主だったのだろう。

梨生は、あえて笑っている男の顔も描いてみた。

「うん、これだ……」

紙を、遺体の頭部のない部分にかざしてみる。それから、いったん紙を手元に戻し、顔に彫られた刺青を描きくわえてみる。

この男は、いったいどんな罪を犯《おか》し、その罰として顔に墨を入れられたのだろうか？

考えられるのは、殺人、複数回に及ぶ窃盗《せっとう》などの重犯罪だった。

ふ、と梨生の頭を、昼間、町の川辺で堤防を直していた兵士たちの姿がかすめた。彼らは、『普通の兵士』だったが、遺体の男も兵士——流刑《るけい》として遠方の宿営地に送られ、監視を受けながら雑役《ざつえき》に従事する、配隷者《はいれいしゃ》かもしれなかった。

彼らの宿営地は、『牢城《ろうじょう》』と呼ばれる配隷者専門の場所だ。

——牢城の兵士を当たってみるべきかもしれないな……。

だが、どうやって？

この近隣の男たちに説明したように、首を持ち去られた理由の仮説を主張してみるのもいい。けれども、それが認められる勝算は低い。殺人は大罪だが、それに割《さ》ける人員も限られている。

開武の手の者たちは、まず被害者の衣服や体格を手がかりにして、聞きこみの輪を広げていくだろう。その中には、川辺で堤防を補修していた兵士も含まれるかもしれないが、該当者《がいとうしゃ》がいなくても、すぐさま牢城まで手を広げるとは思えなかった。

翌朝、梨生は、首のない遺体を荷車に積み、県庁まで持ち帰った。

未解決の事件の被害者を寺に置くことに、法仁がしり込みしたせいもある。しかし、梨生の意志でもあった。悲惨な遺体の状況を目《ま》の当たりにすることで、人の心を動かせる部分が少なからずある、と考えたのだ。

案の定、開武は首のない遺体に驚き、牢城を当たるべきだ、という梨生の提案に耳を傾けてくれた。

けれども、実際の捜査は、やはり梨生が予見したとおり、寺の近辺の住人を当たるところからはじめる、と宣言した。

「悪いな、梨生どの。……実は、袁の事件で、俺たちが梨生どのを助けに袁の屋敷に乗り込んだことが、上のほうで問題にされていてな。ああ見えて、袁は中央につながりをもつ富豪だったから、賄賂《わいろ》を受け取っていた高官たちが、贈り主《ぬし》を捕らえた俺たちに仕返しをしたがっているらしい。……俺は、あまり気にしていないけどな。突飛《とっぴ》なところから捜査をはじめて、まったく成果が上がらなかったら、智頊《ちぎょく》さまが責任を問われることになる。それは不本意だ」

たしかに、と梨生は納得した。

梨生自身、智頊がとばっちりを食うことは望んでいない。

とはいえ、次に打とうと考えている手も、智頊と無関係とはいかなかったのだが。

県庁での仕事を終えた梨生は、心怡《しんい》をともなって智頊の屋敷を訪ねた。うわさの老兵——門番の老人は、守るべき門の近くにはおらず、庭の隅に作られた番小屋で椅子に座り、火鉢《ひばち》に手をかざしていた。

「こんばんは」

梨生は、小屋の外から呼びかけたが、門番は気づく様子もない。

「こんばんは‼」

心怡ががなり声を上げても、まったく聞こえていないようだ。

もしや座ったまま死んでいるのでは、と梨生は心配になったが、耳を凝《こ》らすと、火鉢の炭が爆《は》ぜる音に重なり、濁音《だくおん》の混じったいびきが聞こえた。

「もう、勝手に中に入っちまおうぜ」

早々としびれを切らした心怡が、あっさりと提案する。

「無理に起こして、火鉢の炭でやけどでもされたら一大事だ。それに、起きていても、『お入りなさい』と言うだけで、取り次ぎはしないんだから同じことだ」

「……それは問題だな」

梨生は呆《あき》れて息をついたが、こちらも早々に心怡の勧めに従った。無理に門番を起こすより、屋敷の中に入って家人《かじん》を捉《つか》まえ、智頊に取り次ぎをしてもらうほうがよさそうだ。

智頊の屋敷は、趣《おもむき》のある小ぶりな邸宅だった。

もともとは別荘として造られたものらしく、地位ある者が住居とするには小さい。けれども、庭にも建物にも格別の趣向が凝《こ》らされ、来客の目を楽しませる造形になっていた。奇をてらったわけではなく、よい材質のものが使われ、精巧な彫りや塗りが施《ほどこ》されていたのだ。庭に配された石も、庭木も、屋敷の規模に見合った大きさで趣味がよかった。梨生は、ついふらふらと本来歩くべき道筋を外れ、中庭へと続く小道に踏み込んでしまった。

「おい、旦那《だんな》。そっちじゃないぜ」

心怡の制止の声に気づいたときには、梨生はもう中庭に入っていた。

ほとんどの屋敷は、中庭に池を作ったり、岩を配したりして回遊型の造形に仕立てるものだが、智頊の屋敷の中庭には、見渡すかぎり背の高い植物が植えられ、丸い花弁を持つ白く可憐《かれん》な花が、いまを盛りと咲き誇っていた。

庭に、灯《あか》りはなかった。

宵闇《よいやみ》の中に白い花が浮き上がり、ときおりはらりと散る花びらが、かすかな光のかけらのようにきらめいていた。

あたりには、さわやかな花の香りが漂っていた。

夜が近づけば、たいていの花は花弁を閉じ、朝日に触れるまで眠りにつくけれど、梨生の前で咲く花々は、広げた花弁で夜の冷気を楽しんでいるようにも感じられた。

「……すごいな」

梨生は感嘆《かんたん》の吐息をもらし、目を瞬《まばた》いた。

その視線の先を、ふわりと白い人影がかすめていった。

「あ、すみません！」

梨生はとっさに呼びかけた。案内もなく中庭に入りこんだことを詫び、智頊に取り次いでもらおうと考えのだ。

白い人影は、動きを止めて梨生のほうを見た。

梨生は、そちらへ足早に歩いていった。

その人影は一見、女性に見えた。顔には白粉《おしろい》がはかれ、形のいいくちびるには紅《べに》が注《さ》されている。艶《つや》やかな黒髪は高く結いあげられて、紅玉《こうぎょく》と金で作られたかんざしが、その髪を飾っていた。すらりとしなやかな肢体には、やわらかそうな絹《きぬ》の衣服。襟元《えりもと》には白いきつねのものと思しき毛皮が巻かれていたが、その毛皮に添えられた手の指は、そっけなく素《す》のままだった。

「……………智頊さま?」

わずかな逡巡《しゅんじゅん》ののち、梨生は呼びかけた。

そこにいたのは、梨生の上司だった。

智頊に似た、彼の身内だとは思わなかった。

疑いなく、智頊その人だと確信していた。

それでも、呼びかけるのにためらったのは、智頊が『女装』している理由がわからなかったからだ。うかつに呼びかけて、智頊の目的を損《そこ》なうことを恐れる気持ちがあった。だが、無視することもできなかった。

「正気か、旦那?」

そろりと心怡が問うた。

「この人は、どう見ても女だぞ?」

「いや、智頊さまだ」

梨生は断言し、おそるおそる智頊に尋《たず》ねた。

「……なにをしておいでなのですか?」

智頊は、澄んだ瞳《ひとみ》でまっすぐに梨生を見つめ、やわらかく微笑《ほほえ》んだ。

「秋の宵の風の冷たさを楽しんでいる」

女にしては、いささか太い声で智頊が答えた。

心怡が、これ以上ないほど目を丸くした。

梨生は、口を開きかけたが、声を発する前に、自分がなにを言おうとしていたのかを忘れてしまった。

智頊が微笑みの中で問いを重ねた。

「なぜ、わかった?」

「……ご質問の意味がわかりません」

「これまで、私を女だと思わなかった者はいないのだが」

「……申しわけありません。……わたしには、智頊さまにしか見えませんでした」

梨生が詫びると、智頊は微笑みを浮かべたまま空を仰《あお》いだ。

「詫びることはない」

「……はい」

「これは、私の趣味だ」

「……女の格好をすることが、趣味ですか?」

「そうだ。女の衣服は美しく、装身具は華やかだ。そうしたものを身につけると、心持ちが変わり、景色もちがって見える」

「そういうものですか」

「ああ、そういうものだ」

さて、と語調をあらため、智頊がいきなり『男』になった。動作から、女性らしいしなやかさが消え、動きが直線的になったのだ。

その変化を察知して、梨生はいまさらながらに、なるほど、と思った。智頊はいでたちだけでなく、立ち居振る舞いも『女』になっていたのだ。

「中に入って、用向きを聞くとしようか」

「……ここでも、かまいませんが」

「では、話してくれ」

「はい。……牢城の兵士のことを調べたいのです」

「うん？　なにを調べる？」

智頊の顔は、どこか楽しそうだった。

もっとも、だからといって許可を得られるとは限らない。

梨生は逆に、気持ちを引き締めた。

「最近、脱走した兵士がいないかどうかを調べます」

「……それが、首なしの遺体の正体か？」

「その可能性が高い……と思います」

ふうん、と智頊が喉を鳴らした。

「それなら、開武どのに調べさせればいいのではないか？」

「開武どのは、まず従来の手順を踏むべきだとおっしゃいました」

「なるほど。……ああ見えて、彼はまじめだからな」

智頊はくすりと笑い、真顔になって続けた。

「しかし、君が牢城に行き、脱走者の有無《うむ》を尋ねるのは、かならずしもいい方法ではないな。自分の能力を疑われることを恐れる者が牢城を統括《とうかつ》していたら、脱走者などいない、と嘘《うそ》をつくかもしれない」

「……あ、そうですね」

梨生は智頊の指摘に眉《まゆ》をひそめた。

智頊が、ふたたび微笑みを浮かべ、心怡に目を向けた。

「君の友人を、牢城に送り込んではどうだ？」

この言葉を聞き、美女が智頊だと明らかになってから、ずっと呆然《ぼうぜん》としていた心怡が、驚きから我に返り、わたわたと両手を振り回した。

「智頊さま!!　おれも、顔に墨を入れられるんですか!?」

「それが望みなら応じるが……」

「かんべんしてください！」

心怡の狼狽《ろうばい》ぶりにかるく噴き出し、智頊が当初から考えていただろう提案を口にした。

「いやなら、出入りの商人に扮《ふん》するといい」

「はあ？　……その、……牢城に出入りする商人……のふりを？」

「そのとおり。君も知っているだろうが、牢城の兵士は罪人だから、いつでも好きなときに出かけるというわけにはいかない。けれども、家族ぐるみで暮らしている者も多いからね。支給品以外の日用品や食物を手に入れる機会を与えるために、牢城の中で市《いち》が開かれることがあるのさ」

ですが、と梨生は異論を唱えた。

「その商人の指名は、智頊さまのお役目ではありませんよね？」

「そうだ。けれど、協力してくれそうな商人には心当たりがある。その人物に渡りをつけるから、あとは適当な理由……、そうだな、生き別れた兄を探しているとか、幼なじみを探しているとか、そんな口実を使って、買い物客にいろいろ尋ねてみるといい」

見透かされている、と苦笑しながらも、梨生は智頊の提案をありがたく感じた。

智頊は、明日の昼ごろ、件《くだん》の商人に梨生を紹介する、と約束してくれた。

梨生は礼を言い、智頊の前を辞《じ》した。

屋敷を出るとき、ちらと門番のいたあたりを見たが、もう炭火のつきかけた火鉢の前には、だれも座っていなかった。


「なんでわかるんだよ、旦那?」

智頊の屋敷を出て、すこし歩いたあたりで、心怡がおもむろに問いかけてきた。

梨生は一瞬、なんのことかと首をかしげ、智頊のことだと思い当たって答えた。

「そういう心怡は、なぜわからないんだ? わたしには、そちらのほうがふしぎだよ」

「いやいや、普通はわかんねーって」

心怡は、自信たっぷりに反論する。

「どう見ても女だろ。しかも、稀代《きだい》の美女だ。それを一目で看破《かんぱ》するなんて、どう考えてもおかしいよ。……実は旦那、女に興味がないんじゃねえか? てめえの花嫁が他の男と駆け落ちしたって話のときも、『よかった』みたいなことを言うしさ。……本当は、男が専門だとか? 智頊さまが、ものすごく好みだとか?」

まあ、たしかに智頊さまはととのった顔をしている——と反射的に考え、梨生は自分の見解に対して、声をたてて笑った。

「智頊さまが美貌《びぼう》の持ち主であることは否定しないが、わたしはやはり女性がいいな」

「結婚する気はあんのか？」

「あるよ」

「そうか。じゃあ、そのときは、オレの事情をわかってくれる女か、少なくともオレを邪険にしない女を選んでくれ」

「そうだな」

そこはけっこう肝要かもしれない、と梨生は納得した。


翌日の昼前、梨生《りせい》は心怡《しんい》をともない、智頊《ちぎょく》に連れられて、件《くだん》の商人の屋敷を訪ねた。商人の家族はずらりと門の内に並び、梨生たちを出迎えた。

真ん中に立つ、一家の主《あるじ》と思《おぼ》しき四十歳前後の男は、小柄《こがら》で角ばった体つきをしていた。顔の輪郭《りんかく》も、雑に切り出した四角い石を連想させる。けれども、弧《こ》を描く細い目は、相対《あいたい》する者まで穏やかな気持ちになるような柔和《にゅうわ》さを備え、ごく自然に口角の上がった口は、見る者の口にも微笑《ほほえ》みを浮かばせる力を持っていた。

「ようこそおいでくださいました。王恵陽《おうけいよう》と申します」

男――恵陽は名乗り、となりに並んだ女性たちに目を向けた。

「こちらは、妻の陳秀蘭《ちんしゅうらん》。その向こうにいるのが、義母《はは》の李英香《りえいこう》です」

恵陽の真横に並んだ秀蘭は、二十代半ばと思しき清楚《せいそ》な女性だった。中背《ちゅうぜい》だが華奢《きゃしゃ》なので、実際よりも小柄に見える。顔も小さめの細面《ほそおもて》で、透けるように色が白く、切れ長の目が涼しげだった。

秀蘭のとなり、やや後方に立つ英香は、ふっくらとした壮年の女性だった。秀蘭に比べ、かなり背が高く、派手な色味の衣服を身につけているせいで、独特の存在感がある。化粧も濃かった。けれども、すべての要素が、李英香という女性を形作る不可欠の部品のように、しっくりとなじんでいて、嫌味も違和感もなかった。

「李英香……とおっしゃると、もしや材木商の？」

智頊が、穏やかな声音《こわね》で尋《たず》ねた。

英香は真っ赤なくちびるで愛想《あいそ》よく微笑み、かるく頭を下げた。

「知県《ちけん》さまに覚えていただいているとは、光栄の極みです。おっしゃるように、私は材木商の陳威《ちんい》の妻でございます。夫亡きあとは、ごひいきくださるお客さま方に支えられ、なんとか商売を続けさせていただきましたが、一年前に息子の安時《あんじ》に臨安《りんあん》の店を譲《ゆず》りましてからは、屋敷のある富陽《ふよう》に隠居《いんきょ》し、こうしてときおり娘の嫁ぎ先にお邪魔している次第でございます」

なるほど、とうなずくと、智頊は梨生に目を向けて言った。

「知っているかもしれないが、臨安に『富源堂《ふげんどう》』という材木店がある。紫檀《したん》や黒檀《こくたん》のような、高級な材木を扱う店だ。英香どのは、その店の女将《おかみ》だよ。表に出てくることは少ないが、ご亭主が亡くなったあと、辣腕《らつわん》をふるって店を大きくしたと、もっぱらの評判だった」

「いまは、田舎《いなか》の隠居婆《ばば》ですよ」

英香が謙遜《けんそん》し、ひた、と梨生に視線を据《す》えた。

その視線には力があった。

梨生はあわてて口を開いた。

「白《はく》梨生と申します。皇上《こうじょう》のご温情により、この養老県《ようろうけん》の主簿《しゅぼ》の職を拝命《はいめい》いたしました」

「とても優秀な主簿ですよ」

智頊がたたみかけるように言い、主の恵陽がかるく身を乗り出した。

「袁《えん》さんの事件では、活躍なさったそうですね。……私も、袁さんとは付き合いがありましたから、悪く言うのは気が引けますが、梨生さまは袁さんの屋敷に捕らえられ、危うく命を奪われるところだったとか？」

あなた、と秀蘭がやわらかな声で恵陽の言葉をさえぎった。

「立ち話でお聞きするようなことではありませんよ。お尋ねしたいことがおありなら、席に着かれてからでよろしいじゃありませんか」

「ああ、そうだな」

恵陽は、あっさりと妻の忠告を受け入れると、梨生たちに視線を返し、苦笑まじりに詫《わ》びた。

「不調法をいたしました。どうぞ、中へお入りください。ささやかながら、主簿さまの赴《ふ》任《にん》のお祝いをさせていただきたく、粗餐《そさん》を用意しております」

「ありがとうございます」

梨生は勧《すす》められるまま、智頊に続いて屋敷の中へと入っていった。


王の屋敷は以前、梨生が監禁された袁の屋敷に比べても、遜色《そんしょく》のない豪邸だった。しかも、手入れが行き届いている。木組みも美しい軒《のき》を備えた建物に入れば、黒く艶《つや》やかな石の床が続き、窓は細かな彩色をほどこした火頭窓《かとうまど》。中庭には大きな池が作られ、ゆるやかに半円を描く石造りの橋の先には、白い石板を敷き詰めた舞台のような浮島が造られていた。

池の水は澄んでいた。

その水に、赤く色づいた落ち葉が数枚、浮かんでいる。

浮島の中央には、鮮やかな色の宝石を配した黒檀の衝立《ついたて》が広げられ、衝立の前には、宴席の用意がなされていた。

「どうぞ」

浮島まで渡った恵陽が、上手《かみて》の席を指した。

智頊が、流麗《りゅうれい》な動きで、もっとも良い席に着いた。梨生は、次いで上位の者に許される席に座り、心怡に悪いな、とちらと思った。

しかし、心怡は心得たもので、従者にふさわしく宴席の外の下座《げざ》に控える。

それを見て、恵陽が使用人になにか指示を出した。

ほどなく、質素ながら気の利《き》いた席が、心怡のいる場所にしつらえられた。

英香は途中で立ち去っており、恵陽と秀蘭が席につくと、皆の杯に酒が注《つ》がれた。白く濁《にご》った酒は、甘い香りで梨生の鼻をくすぐった。

勧められるまま飲み干せば、馥郁《ふくいく》たる香りが喉《のど》から鼻へと抜けていく。

花の芳香を丸呑《まるの》みしたような心地がした。

うお、と心怡が感嘆《かんたん》の声をもらし、すみません、と詫びて頭を掻《か》いた。

「これは、とても飲みやすい酒なのです」

恵陽が穏やかな声で言い、ひとしきり酒の産地などを説明した。

梨生は、その説明を興味深く聞いた。恵陽の言葉にも口調にも、知識をひけらかす気配は感じられず、ただ自《みずか》らが見極めた逸品《いっぴん》に対する満足感と愛着だけが感じられた。

やがて運ばれはじめた料理にも、恵陽のこだわりが見て取れた。

鵞鳥《がちょう》、鼈《すっぽん》、雛鳥《ひなどり》、羊、鳩《はと》、石首魚《きんくち》、蓮根《れんこん》、緑豆《りよくとう》、木耳《きくらげ》、椎茸《しいたけ》――。

産地にこだわったそれらの食材を、酢、醬油《しょうゆ》、蜜、酒などの厳選された調味料、そして香辛料《こうしんりよう》で、蒸《む》し、炊《た》き、炒《いた》め、和《あ》え、漬け込み、茹《ゆ》で、揚《あ》げて、最良にして最上の美味を引き出し、形をととのえる。

もっとも、恵陽は、あからさまに讃辞《さんじ》を求めたりはしなかった。

言葉にせずとも、感嘆は梨生たちの顔に表れるからだろう。

実際に、梨生は何度も、えもいわれぬ至福を味わった。

梨生たちの様子を見て、恵陽はにこにこと満足そうに笑った。

昼餐《ちゆうさん》には過ぎたる美味を堪能《たんのう》し、いささか食べすぎた状態で箸《はし》を置いた梨生は、智頊の目配せを受け、恵陽の屋敷を訪ねた本来の目的を切りだした。

「恵陽どの。智頊さまから聞いておいでとは思いますが――」

「ああ、牢城《ろうじょう》へ人をやる話ですね」

恵陽は、あっさりと応じ、使用人に命じて一人の中年の男を連れてこさせた。華美ではないが、身ぎれいな格好をした男は、商人としての恵陽に仕《つか》える人物と思われた。

「私が、なにを商《あきな》っているか、智頊さまから聞いていらっしゃいますか？」

「いいえ」

梨生は、うっすらと頰《ほお》を染めて否定した。

恵陽は気分を害するふうもなく、智頊の背後に飾られた衝立を指した。

「私は、いろいろな物を商いますが、もっとも得意とするのは、玉石《ぎょくせき》を使った商品です。あのような衝立や、卓や椅子、食器。小さいものですと、士大夫《したいふ》の方々の帯飾りからご婦人方の髪飾りや指輪まで」

恵陽は、ちらと智頊に視線を向けた。

「智頊さまには、ごひいきいただいています。奥方さまに贈られるのか、はたまたお部屋さまに贈られるのかは存じませんが、いつも玉石の種類から造形の細部まで細かな指定をなさるので、熟練の職人たちが頭を悩ませつつも、技術の粋《すい》を凝《こ》らして商品を作り上げることを楽しんでおりますよ」

「そ、そうですか……」

それは智頊自身が使うのでは……、と思ってしまったせいで、梨生は言葉に詰まった。

しかし、恵陽は気にする様子もなく、梨生に問いかけた。

「梨生さまは、なにか奥方さまに贈り物をなさいませんか？」

「いいえ、わたしは独り身ですので」

おお、と恵陽が驚きの表情を浮かべる。

「それは、いけませんな。奥向きを預かる方がいなくては、いろいろとご不自由がおありでしょう。もちろん、有能な使用人を雇《やと》っておいでかもしれませんが、そうした者たちを率いるには、やはり奥方さまが必要ですよ」

「はあ……」

梨生は苦笑した。恵陽の言うことは正論で、しかも押しつけがましさは皆無《かいむ》だったが、そもそも『率いる』ほど大勢の使用人がいないのだ。むしろ、陽《よう》と泉氏《せんし》は父母のように、心怡は親しい友人のように、梨生のことを心配し、あれこれと助けてくれていた。

僭越《せんえつ》ながら、と恵陽が身を乗り出した。

「私が、どなたかよい方をご紹介しましょうか？」

「え……？」

「士大夫の名門、となれば、数が限られてしまいますが、商人の家柄《いえがら》でご不満がなければ、それなりの大家《たいけ》をご紹介できますよ」

「い、いや、それは……」

　梨生は口ごもった。

　あなた、と秀蘭が恵陽をたしなめた。

「主簿さまが困っておいでですよ」

「そうかなあ。照れていらっしゃるだけだと思うが……」

　恵陽の反論に、秀蘭が、ふ、とやわらかい息をついた。

「どなたか、よい方が、郷里でお待ちになっているかもしれないじゃありませんか。お約束がなくとも、意中の方がいらっしゃるということも」

「ああ、おまえの言うとおりだな」

　恵陽は、ぽんと手を打ち、梨生に向かって頭を下げた。

「申しわけありません。考えがいたりませんで、出すぎたことを申しました。……私自身、妻を迎えて、よかったと思うことは山ほどあっても、やめておけばよかったと思うことは、爪《つめ》の先ほどもなかったもので……」

「……あなた」

　秀蘭が頬を赤らめて咎《とが》めると、恵陽はあわてて言い訳をはじめた。

「いやいや。妻の機嫌《きげん》を取りたいわけではないのですよ。しかし、私も結婚前は、くだらないことをたくさん心配したものですから。……智頊さまも、梨生さまも、一介の商人と同列にされるのは不快でいらっしゃいましょうが、男ならではの取り越し苦労があることはわかってくださると思います。妻を迎えると、それまでの自由がなくなるのではないか、商売に口を出されるのではないか、友人たちに邪険にされるのではないか、などと……」

「もちろん、わかりますよ」

智頊が微笑み、目顔《めがお》で梨生に同意を求めた。

梨生は、あたふたとうなずいた。そして、そのままでは説得力がないような気がしたので、同意の気持ちを言葉に変えた。

「恵陽どのは、奥方のことを、とても大切に思っておられるのですね」

「最高の妻です」

恵陽が胸を張り、秀蘭は真っ赤になった。

「おやめください。恥ずかしい」

いやいや、と智頊がとりなした。

「これほど自慢できる奥方が持てるというのは、うらやましいかぎりですよ」

「わたしも、そう思います」

梨生は再度、今度は心から同意した。

智頊が笑顔でうなずき、話題を本来の用件に移そうとした。

「恵陽どのが、まれに見る幸福な夫君《ふくん》であり、それが秀蘭どののお力であることはわかりましたが――」

ああ、と恵陽も笑みを浮かべた。

「失礼しました。牢城の件ですね。牢城で市《いち》が立つ日、私どもは先に申しましたように、指輪や髪飾りといった装身具や、そうしたものを仕舞う箱などを商いにまいります。いつも行くのは、こちらの高保《こうほ》です」

恵陽が、脇に控えていた中年の男を指した。

それまで話が横道にそれても、無表情に自分の出番を待っていた男――高保は、地方の祭りのときに使われる面長《おもなが》の面のような、彫りは深いけれど、表情に乏《とぼ》しい顔を下に向けて挨拶《あいさつ》した。

梨生は、心怡を紹介し、顔しかわからない牢城の兵士――つまり罪人を探すために、牢城に同行したい旨《むね》を、あらためて説明した。

牢城に市がたつのは、梨生たちが恵陽を訪ねた十日後のことだった。

心怡は、高保に同行するため、前日から家を出て、その夜は牢城近くの宿屋に一泊した。宿までの道中、心怡は高保を助けて働いた。

もちろん、高保とて市への出店には慣れているはずで、心怡に助けを求めたりはしなかった。運ばなければならない荷の量も限られていた。

けれども、やはり荷の積み下ろしや短い移動、見張りなどこまごまとした仕事となれば、人手があって困るということはない。

水鬼《すいき》になる以前、博打《ばくち》でいつも首が回らない状態だった心怡は、こうしたこまごまとした仕事を手伝って、手間賃をもらうことに慣れていた。今回は、まったくのただ働きだが、根本が梨生の手伝いだと思えば気にならない。

恵陽の紹介を受けたときは、仮面のように思えた高保の無表情と無愛想《ぶあいそう》も、外に出て荷の運搬《うんぱん》をするときには、気にならなくなっていた。

夜、宿屋の食堂で高保と差し向かい、酒を飲んでいると、同じように牢城へ商いに行く人々が次々と話しかけてきた。

「やあ、高保さん。ひさしぶりだな。元気にしていたかい？」

「最近の景気はどうだい？」

「なにか、いい情報はないかな？」

高保は、そのひとつひとつに丁寧《ていねい》に応じ、こっそりと心怡にささやいた。

「心怡さんの探している人のことを、彼らにも聞いてみてはどうだ？」

「なるほど。それはいいな」

心怡は、梨生が描《か》いた『首なし遺体』の画姿《えすがた》を取りだし、商人たちに示した。

「牢城で、こんな男を見たことはないか？」

「どれどれ？」

商人たちは、首を伸ばして画姿を凝視《ぎょうし》し、自らの記憶を探るように首をかしげたが、全員が申し訳なさそうに顔をしかめ、首を横にふった。

「すまないな」

「俺は一度も見たことがない」

「あそこの連中は、みんな顔に刺青《いれずみ》をしているからな」

「見分けがつかないよ」

――やれやれ、前途多難だな……。

心怡は息をつき、高保が注いでくれた酒を飲みほした。

翌日、心怡は、高保とともに、荷を積んだ馬を曳《ひ》いて牢城へ向かった。

石積みの壁で囲まれた城門の前で、人の出入りを管理する兵士たちの検問を受け、さらに二重の石壁が巡らされた奥へと進んでいくと、一般的な都市に見られるような広場に出た。

広場の一角には、もう先着の商人たちが布張りの屋根をたて、商品を載《の》せる台を組み立てている。

心怡たちも、決められた場所に行き、簡易的な屋根のある露店《ろてん》を手際《てぎわ》よく準備した。

時間の経過とともに、露店はどんどん増えていった。

昨夜、泊まった宿でも、客はほとんどが牢城に店を出す商人だと聞いていたが、他にも同様の宿が十軒近くはあるにちがいない。

城内の広場は、あっというまに露店に埋め尽くされた。

並んでいる店は、食器や反物《たんもの》、籠《かご》、靴といった日用品が多く、野菜や肉などの食料品は見かけない。ただし、香辛料や調味料、乾物《かんぶつ》の店はすこしあった。菓子を商っている店も数軒、目に入る。

おおかたの店が準備を終えたころ、石壁の上に作られた櫓《やぐら》の中で、兵士が大きな太鼓を叩《たた》いた。すると、城の奥から広場へ出るための厚い木製の扉が開かれ、大勢の男女が広場になだれ込んできた。

女たちは、精一杯のおしゃれをしていた。

男たちの一部には、顔に刺青があった。

残りの半数は、ただ老《お》いており、あとは子供だった。

顔に刺青がなく、兵士の格好をしている男もいたから、彼らは監視役を担《にな》っているのかもしれない。

だれもが浮かれて笑いさざめき、二人、三人と腕を組んだり、手を引きあったりして、興味を惹《ひ》かれた露店を覗《のぞ》いていく。

実のところ、心怡は懐疑《かいぎ》的だったのだ。

高保が商うのは、流刑《るけい》に処された罪人や、その家族が買い求めるには贅沢《ぜいたく》な品々だ。仮に、それを買えるだけの銭《ぜに》を手にする機会があったとしても、もっと実用的な品の購入に使い、高保の店には来ないのではないか、と――。

しかし、これはまちがった考えだった。

高保の店には、ひっきりなしに人が来た。

しかも、それなりに価格が抑《おさ》えられているとはいえ、心怡が驚嘆《きょうたん》するほどに金払いよく、さまざまな品を買っていく。

驚いて棒立ちになった心怡に、高保が言った。

「人探しをするんじゃないのか?」

「あ、ああ、そうだ」

「ここはかまわないから、自由に歩いてくるといい」

そう言われて、心怡は店の外に出て、露店のあいだを練《ね》り歩く人々に、『首なし遺体』の画姿を見せて回った。

もちろん、石壁の上から広場を見張っている兵士の視線には気をつけた。「なにをしているのか」と見咎《みとが》められて、勝手に人探しをしているなどと知れたら、高保は当然ながら、恵陽にも、梨生にも、智頊にも迷惑をかけることになるからだ。

さいわい、広場には、店を離れて商品を売り歩く者たちもいた。心怡は、そうした者たちの中にうまく紛《まぎ》れて、画姿の男を知る者を探し歩いた。

けれども。

いい情報を持つ者には出会えなかった。

存外に皆、声をかければ真剣に画姿を見てくれるのだが、全員がかるい思案《しあん》の末に、知らない、と答える。

そうしているうちに、どんどん時間がすぎていく。

市が開かれているのは午前中だけだ。

見張りの兵士が太鼓を鳴らせば、牢城に住んでいる人々は、広場の外に引き上げてしまう。

心怡は、しだいに焦《あせ》りを感じはじめた。

牢城は各州の管理下にあり、そんなに数が多いわけではない。いま、心怡のいる牢城が、遺体の発見場所にもっとも近く、その次に近い牢城となれば、かなりの遠方になってしまう。

当然ながら、『首なしの遺体』の人物が、この牢城の兵士という保証はなかった。牢城の兵士は、基本的に廂軍《しょうぐん》に属するが、まれには抜擢《ばってき》されて禁軍《きんぐん》への移動を命じられ、都やその周辺で役につく者もいる。廂軍に属したままでも、特殊な技術を持った者は、やはり遠方に移動させられ、雑役《ざつえき》以外の職務に従事することもあった。

とはいえ、いちばん可能性が高いのは、この牢城だ。

見つけたい、と心怡は切《せつ》に願った。

梨生にいい報告をしたかった。

『そうなの』

ふ、と耳元で女のささやき声が聞こえた。

心怡は驚き、足を止めて、周囲を見回す。

けれども、声の主《ぬし》は見当たらなかった。目に映る人は皆、心怡に目も向けず、ざわめきながら友人知人と話をし、自分たちの目的の店へと向かって歩いているだけだった。

「……空耳か」

心怡は、ほっと息をついた。

もと水鬼《すいき》──あるいは、いまも半分、水鬼のままの自分が空耳とは、ふしぎなことだと思う。

「おれも、人間に近づいたってことかな」

心怡は、あえて声に出して言い、ふたたび歩きだした。

そして、仕切り直しのつもりで、練り菓子の店で買い物を終えたばかりの老婆《ろうば》に声をかけた。

小柄で小太りで、すこし腰の曲がった、四角い顔の老婆は、歯が抜けてしわのよった口《くち》許《もと》を、もごもごと動かしながら画姿を見た。

「んー……」

「知らないかい、ばあさん？」

「んー……。……この顔は」

「見たことがある？」

記憶違いか、それとも、大当たりかと、心怡は疑いと喜びの狭間《はざま》で揺れながら、何度も首をかしげる老婆の返事を待った。

「この顔は、……あれだな」

「なんだ？」

「罪人の顔だな」

「……そうだな。だから、ここに来たんだ」

「ん……む。……この顔は……」

老婆が、再考に入った。

心怡は、肩をすくめて立ち去ろうとした。

「もういいよ、ばあさん」

「お待ち」

老婆が、強い口調で心怡を引きとめた。

足を止めた心怡の耳に、捜し求めていた名前が告げられた。

「その男は、たしか羅景星《らけいせい》という名前だよ」

「知っているのか、ばあさん？」

心怡が振り向くと、老婆は深くうなずいた。

「羅景星。……まちがいないよ。うちの房の近くに入ってきたけど、もともとは腕のいい大工《だいく》だったとかで、すぐに別の県の現場に行くことになって、ここから出ていったんだ」

「……それは、恩赦《おんしゃ》を受けた、ということか？」

心怡の問いに、老婆は首をかしげた。

「さてね。細かいことは知らないよ。恩赦かどうだか知らないけれど、顔に墨《すみ》を入れられちまっているからね。かたぎでないことは、もう死ぬまで一目瞭然《いちもくりょうぜん》さ。一昔前の無頼漢たちは、そういう目で見られることを好んで、自分から墨を入れたもんだけど、かたぎの人間にとっては、なかなかつらいことだね」

「……ばあさんの亭主も、か？」

心怡がそろりと尋ねると、老婆は乾いた声で笑った。

「あたしの亭主はかたぎだよ。そりゃ、若いころから兵士だから、腕に墨は入れているけどね」

「でも、ここに住んでいるんだろ？」

「そうさ。ここには、老いた兵士もたくさん住んでいる。牢屋に養老院が併設されているみたいなもんだ。老兵でも、動けるかぎりは、死ぬまで働かなけりゃならないんだけどね」

「そうか……」

心怡は首を垂《こうべ》れた。

水鬼になる前の自分は、まともに働きもせずに博打《ばくち》ばかり打っていた。よくない、とは思っていた。けれども、やめられなかったのだ。

次は勝てる、負けを取り戻せる、という根拠のない確信を持っていて、腰がしびれるほど賭場《とば》に座り続けていても、なかなか立ち上がることができなかった。まるで、見えない鎖《くさり》につながれているようだった。

いまは、あのときよりも体が軽い。

「人間は、やっぱりまじめに働くべきだよな」

心怡はしみじみと言ったが、老婆はけらけらと笑った。

「なんの。うまく大金を稼《かせ》げるんなら、ほどほど働く程度でいいんだよ。まあ、まともな方法で、ってことだけどね」

「そういうもんか？」

「そうさ。でも、無能者は、一攫千金《いっかくせんきん》なんかを夢見るもんじゃないね。まともに仕事ができないやつは、博打なんかもうまくないのさ。あっというまに借金で首が回らなくなって、やけくそで川にでも飛び込むのがせいぜいだから」

心怡は、ぎくりとした。

老婆は、なおも笑っているから、冗談のつもりなのだろうけど、内容があまりに的確に心怡の身の上を言い当てていた。

心怡は、老婆の顔を凝視した。

その視線に気づいた老婆は、かるく首をかしげた。

「どうしたんだい？」

「……いや」

「あんたも、賭場に出入りしているのかい？　だったら、やめときな。ここには、そんなふうに失敗して、だれかを殺したり、盗みを繰り返したりして、連れてこられた者が大勢いるからね」

「……あ、ああ」

心怡はうなずき、ふと思いついて尋ねた。

「羅景星という男は、どんな罪を犯《おか》したんだ？」

「人を殺した、と聞いた」

「いつ？」

「五年前さ」

「相手は、どんなやつだったんだ？」

「通りすがりのごろつきらしい。先を急いでいるときに、肩が触れたの触れないのと言いがかりをつけられて、相手の手を振り払ったら、相手が倒れて頭を打って逝《い》っちまったとか」

「そいつは……、気の毒な話だな」

「景星も、殺された相手もね」

老婆が、寂《さび》しげな顔で笑った。その顔が一瞬、若い女に見えた。

心怡は、あわてて目をこすった。キツネにつままれたような心地がした。

けれども、その心地も、すぐに消え、自分の感覚そのものが錯覚のように思えて、反射的に顔をしかめた。

「どうしたんだい、兄さん？」

「……いや、なんでもない」

「そうかい。……あたしは、もう行くよ。太鼓が鳴る前に、もう二、三、買わなければならないものがあるから」

「ああ。ありがとよ、ばあさん」

心怡は礼を言い、老婆から離れた。

自身も、太鼓が鳴るまでのあいだ、老婆の話を裏付けてくれる相手を探そうと考え、なおも広場を歩き回ったが、羅景星——首なし遺体の名前を知る者は、他には一人もいなかった。


県庁での仕事を終えて、自宅に戻った梨生《りせい》は、書斎《しょさい》で心怡《しんい》の報告を聞いた。

たった一人しか、画姿《えすがた》の男の顔を知る者がいなかった、という事実にはひっかかりを感じる一方で、真実にたどり着くための細い糸のようにも思われた。

開武《かいぶ》たちが行っている従来どおりの捜査では、まったくなにも摑《つか》めていなかったのだ。

被害者の身元さえも。

「羅景星《らけいせい》——」

梨生は、その名を紙に書き記した。

「五年前。大工。殺人」

梨生がこれからするべきことは、心怡がもぐりこんだ牢城《ろうじょう》へ罪人を多く送っている府州《ふしゅう》を割り出し、景星が実在の人物なのか、実在であるならば郷里はどこか、家族はいるのか、を確かめることだった。

心怡にねぎらいの言葉をかけた梨生は、夜を徹して数十通の手紙を書いた。半分は、中央や府州の司法関係者に宛《あ》てたもの、残りの半分は、各地に散った官吏《かんり》の友人たちに宛てたものだった。


羅景星という人物は実在した。

それが明らかになったのは、心怡が牢城から戻って梨生に情報を伝え、梨生が手紙をしたためてから四十五日後のことだった。

温暖な養老県《ようろうけん》にも、冬の気配が漂いはじめていたが、格別に時間がかかったというわけでもない。梨生や心怡をはじめ、手紙の配達人も、手紙を受け取った人々も、多少の差こそあれ、適切に動いて、それぞれがなすべきことをなした結果だった。

羅景星は、冨陽《ふよう》県に生まれ、長じて大工になった。

もともと力があり、手先が器用で、素直な性格だったため、師匠《ししょう》にあたる大工から目をかけられ、ぐんぐん技術を吸収し、若くして名工と呼ばれるほどの腕を持った。

彼は、二十七歳のときに、安吉県《あんきつ》の竹済《ちくせい》という土地に居《きょ》を移した。

転居は、景星にとって凶と出た。

知る者も、引きたててくれる者もいない土地で、日雇《ひやと》いから仕事をはじめた景星は、転居から一年半後、祭りの夜にごろつきに絡《から》まれ、もみ合いの末、相手を死に至らしめた。

殺人は死罪に値《あたい》するが、景星に殺意がなく、多分に事故の要素があったことを、数人の目撃者が証言した。裁判では流刑《るけい》が言い渡された。

判決から七日後、景星は顔に刺青《いれずみ》を入れられ、欽州《きんしゅう》の牢城へ配隷《はいれい》された。

さらに四年後、道観《どうかん》の建築に従事するため、新鄶県《しんかい》の現場へ送られた——。

「ん……?」

各方面から戻ってきた返事を突き合わせ、羅景星の情報を組み立てていた梨生は首をかしげた。

心怡が老婆《ろうば》から羅景星の情報を得てきたのは、信《しん》州の牢城だ。しかし、手紙に書かれているのは別の牢城で、心怡が聞きこみをした牢城に配された記録がない。

もちろん、実際に配されていた日数が極端に短く、たんに手紙に書かれていないだけなのかもしれなかったが。

「新鄶県……」

そこが、公式な記録に残る、景星の最後の所在地だ。

新鄶県で、牢城の兵士を使って建てられた──あるいは建てられている道観を割り出すのは、そうむずかしいことではなく、そこを当たれば、景星の最後の足取りがつかめるだろう。

もしも、まだ景星が新鄶県にいれば、人違いということになる。

景星が、恩赦《おんしゃ》を受けるか、脱走をしていて、画姿を見た人が「まちがいない」と言えば、首なし遺体は『羅景星』で確定する。

「さて……」

梨生は息をつき、心怡を呼んだ。

心怡は、すこし遅れ、木の実の餡《あん》をどっさり詰め込んだ蒸餅《じょうべい》とお茶を持って、梨生の書斎にやってきた。

「泉氏《せんし》のおばちゃんが、夜食だってさ」

「あ、ああ……。ありがとう」

「ん。で、なんだ?」

心怡が椅子に座り、卓に置いた蒸餅に手を伸ばしつつ尋《たず》ねた。

梨生は、自身も蒸餅をつかみ、一口かじってから口を開いた。

「うまいな」

「だろだろ。おばちゃんも会心の出来らしいぜ」

心怡は、自分の手柄《てがら》のように得意満面で笑い、いささか表情をあらためて、また尋ねた。

「それで、なんだって?」

「頼みたいことがあるんだ」

「首なし遺体に関係あることか?」

「うん」

「いいぜ。なにをすればいい?」

「新鄗県に行って、羅景星を知る者を探し、画姿をみせてほしい。首なし遺体が本当に羅景星かどうか、確認したいんだ」

「わかった」

心怡は、しごくあっさりと答え、急に低く笑った。

「新鄗県って、どのあたりだ?」

「ここから西南に数百里。船と馬を使えば、ざっと十日で着くかな」

「けっこう遠いな」

とくにげんなりした様子もなく、心怡は評した。

そうだな、と梨生はうなずいた。

実際に、心怡を送りだす段になれば、だれか同行者を用意したほうがいいかもしれない、と考える。心怡が信用できないわけではなく、二人、三人という少人数でも、一人で旅をするよりは安全だからだ。

それに、現場で羅景星のことを尋ねるならば、やはり官吏に接触する必要がある。そのときは、一介の従者である心怡よりも、政務に携《たずさ》わった経験のある者が好まれるだろう。

「祥《しょう》どのにも同行を頼んでみよう。それから、開武《かいぶ》どのに相談して、信頼できる弓手《きゅうしゅ》を一人、お借りしようか」

「手分けすんのか？」

「いや、盗賊避けと官吏対策だ」

「なるほど」

心怡が笑った。彼は、同行者に異論はないようだった。

二日後。

主簿《しゅぼ》付きの胥吏《しょり》である王祥《おうしょう》と、開武の推挙《すいきょ》を受けた弓手をともない、心怡が新鄙県に向けて出発した。

梨生は、いつものように職務に励んだ。

ちょうど秋の収穫が終わり、各地から上がってきた帳簿を整理せねばならず、どちらかといえば多忙な毎日だった。

検死《けんし》は、三度した。

二件は事故死で、一件は病死だった。

病死に関しては、医師の手を借り、死因を明らかにする必要があった。

事故死の一件は、キワモノばかりを扱う商人が、南方から毒蛇《どくへび》を仕入れ、入れ物から逃げ出した蛇にかまれて死んだものだった。

蛇の捕獲《ほかく》には、開武たちが駆り出された。

ほぼ丸一日を費やして、なんとか蛇を捕まえた開武は、いつになく疲れ果てた様子で、梨生の家に立ち寄り、いささか情けない蛇相手の武勇談をおもしろおかしく語りながら、心怡の不在時に浮いた飯代を全部、消費する勢いで食事した。

食事を終えた開武は、突き出した腹をさすりながら言った。

「忘れていた。智頊《ちぎょく》さまから伝言を預かっていたんだ」

「どんな伝言ですか?」

梨生の問いに、開武は言葉に詰まりつつ答えた。

「ええと……、なんだったかな。高《こう》……、じゃない、王《おう》……なんとかという宝石商が明後日、商売をはじめて何周年かの記念の宴会を催《もよお》すらしいんだが、梨生どのと俺にもご招待があったらしい。つぶれるまで飲みたい場合は、部屋を用意しておくから、心おきなく飲んでくれ、とのことだった」

「それは、ありがたいお招きですが、最初からつぶれる予定で行く人はいないんじゃありませんか？」

梨生は苦笑したが、開武は真顔で反論した。

「俺は、つぶれるまで飲むぞ」

「……そうですか」

「だから、梨生どのも泊まりだな」

「……え？　わたしも、ですか？」

「うん。俺の介抱《かいほう》をしてくれ。お屋敷のほうでも、人手は用意しているだろうが、あまり手間をかけて智頊さまの顔をつぶすわけにはいかないからな」

開武の理屈に、梨生は笑みを浮かべた。

「それなら、すこし酒を控えられればいいのでは？」

「もちろん、そのつもりだ。だが、思いどおりにいかないのが人間だろう」

「それはそうですが……」

梨生は、腹を抱《かか》えて笑った。ここに心怡がいれば、うまく開武に切り返しただろうか。それとも、さらに抱腹絶倒《ほうふくぜっとう》の掛け合いを繰り広げただろうか。

二日後の午後。

県庁を出た梨生は、智頊や開武と連れ立ち、王恵陽《けいよう》の屋敷へ向かった。

季節は、すっかり冬になり、落葉樹の木立は寒々しい姿で空へと枝を広げていたが、その枝の間から見える空は青く、日差しは存外に暖かかった。

恵陽の屋敷に到着すると、門前には大勢の使用人が控え、来客の馬を預かったり、邸内への案内に立ったりしていた。

梨生たちも馬を預け、宴席への案内を受けた。

前回の来訪時は池にある舞台のような浮島で饗応《きょうおう》を受けたが、今回は邸内にある宴会用の建物に通された。建物の入り口では、主《あるじ》の恵陽が、妻の秀蘭《しゅうらん》とともに客を迎え、一人一人から祝いの言葉を受けていた。

梨生たちも、順に祝いの言葉を述べた。恵陽は、最初から涙ぐんでおり、梨生たちの言葉が終わると、感謝の意を告げた。そして、また妻の秀蘭の自慢をし、つつがなく商売を続けて今日《こんにち》を迎えることができたのは、多分に妻の助力があったからだ、と話した。

建物の中は、広々として天井《てんじょう》が高かった。

来客の総数は、思ったよりも少ないらしく、席の数は百を超えなかった。

あるいは、もてなしの手厚さを欠かないために、招待客の人数を割り、数日に分けて宴会を催す予定なのかもしれない。

梨生たちが席につき、おおかたの客が顔をそろえると、あらためて恵陽が挨拶《あいさつ》し、皆の杯に酒が注《つ》がれ、宴《うたげ》がはじまった。

次々と運ばれる料理は、先日の比ではなく豪華で多彩だった。

たちまち屋内は湯気と香り、舌鼓《したつづみ》を打つ人々の感嘆《かんたん》の声と笑いに満たされ、ともされた灯《ひ》の数以上に明るい雰囲気を生みだした。

梨生も、料理を堪能《たんのう》した。

原材料の多さに加えて、料理法も地のものにこだわらず、おそらくは異国のやり方と思われる丸焼きや鍋《なべ》、飾りつけが用いられていた。

美味な料理は、わずか一口でも、いともたやすく人に幸福感を与える。

梨生は、至福の心地で料理を味わいながら、この料理を陽《よう》や泉氏、心怡にも食べさせてやりたい、と思った。

開武は機嫌《きげん》よく飲んでいた。梨生たちよりも上《かみ》に席のある智項は、数人の男たちに囲まれて、杯を交わしながら談笑していた。

県は、国内に千以上もある、もっとも小さな行政区分だが、それでも大勢の人が暮らしている。大半の人々は、土地を借りて農を営む者であったり、屋敷や店の使用人であったりするが、中には、自《みずか》ら商売を営んだり、大地主であったり、芸術家であったりする者もいる。

彼らは、自分の財産を増やしたり、商売を円滑《えんかつ》に進めたり、広く自らを世に知らしめる、あるいは高官につながりを持ちたいと願っている。その願いをかなえる近道は、県の最高権力者である知県《ちけん》によしみを通じることだった。

そのため、智項の周りには、いつも人が集まっていた。

もちろん、智項の人柄もあるはずだ。

いささか摑みどころのない、おっとりとしているようで、実は鋭いところを持つ智項には、梨生も人として惹《ひ》かれている。

とはいえ、やはり智項の地位を目当てに群がる人も多いと思われた。

主簿である梨生でさえ、困惑《こんわく》するほどの待遇を受けることがある。親しげに微笑《ほほえ》みかけられ、巧《たく》みに持ち上げられて、どこへ連れ去られるのかと不安になることもあるほどだ。

だから、梨生とは比べ物にならないほど大勢に囲まれた智頊を見ると、うらやましいとか華やかだとか感じる前に、彼の精神力の強さを垣間見《かいまみ》る心地がする。

同時に、ありがたい、と感じることも多々あった。

智頊が同席していれば、腹に一物《いちもつ》ある人は皆、彼のところへ集《つど》う。

梨生や開武は、のびのびと飲食や場の雰囲気を楽しむことができる。

もしも、こういう席で、智頊ではなく梨生のところへ来る者がいたら、それは帳簿の記載をごまかしてほしいと望む者か、検死の結果を書きかえてほしいと望む、犯罪者かもしれなかった。

梨生が、そんな自分の考えに苦笑したとき。

ふ、と梨生の前に人の気配が生じた。

顔を上げれば、恵陽が立っている。

恵陽は、梨生に笑いかけて膝《ひざ》を折り、ひかえた声音《こわね》で告げた。

「お出しした料理も冷めましたし、がちゃがちゃと食器を片付けますのも興《きょう》ざめです。隣室に、茶や菓子や、食後に向く酒などをご用意いたしましたので、ご面倒とは存じますが、移っていただけますか」

「わかりました」

梨生は、開武をうながして、恵陽に従っていた使用人の案内に応じた。

開武は、かなり飲んだはずなのに、まったく平生と顔色が変わっていなかった。足元もしっかりとして、意気揚々《ようよう》と隣室へ移動していった。


隣室には、新しい宴席が用意されていた。

ただし、席の数は半分ほどになり、梨生たちの前に運ばれてくる料理も軽食になっていた。智頊もいったん入室したが、梨生たちに帰宅を告げて、そのまま部屋を出ていった。

ほどなく、また恵陽が各席を回り、客たちに隣室への移動を請《こ》うた。

今度は、大半の者が帰り、移動したのは、梨生と開武の他、十数人の客だけだった。

部屋を移ると、新しい料理と菓子、酒と茶がふるまわれた。

残った人々は、私腹を肥やすために公権力の助けを必要とする立場ではないようで、とくに梨生たちに話しかけてくることはなかった。

もちろん、目が合えば目礼《もくれい》くらいはするが、気を張って対応する必要がなかったので、梨生は穏やかな気持ちで干し棗《なつめ》の美味や茶の香りを楽しむことができた。開武も機嫌《きげん》よく手酌《てじゃく》で飲んでいた。

そこに、ふたたび恵陽が現れた。

彼は、帰宅する客たちの見送りに出ていたらしく、体にかすかな冷気をまとっていた。宴会のあいだは席を外していた秀蘭も、宿泊予定者たちに最後の挨拶をするためか、夫とともに部屋へ入ってきた。

梨生は、自然と恵陽たちのほうに向いた。周りの者たちも、開武も、他の飲兵衛《のんべえ》たちも、ごく滑《なめ》らかな動きで恵陽夫妻に体を向けた。

恵陽は、笑いながら言った。

「どうぞ、皆さま、ご歓談を」

そして、梨生の前に、秀蘭ともどもひざまずくと、小さな木の箱を差し出した。

「心ばかりの品でございます。どうぞ、お持ちください」

「……ありがとうございます」

梨生は、かすかなためらいの後に、箱を受け取った。

恵陽夫妻は、横にいた開武にも同じ箱を渡した。開武は、すぐさま蓋《ふた》を開け、淡い紅《くれない》を帯びた白い玉《ぎょく》で彫られた蓮《はす》の花をつまみだした。

「お、すばらしいですな」

開武が歓喜と感嘆の声を上げた。

梨生はうなずき、自分が受け取った箱をかるく掲《かか》げて、また礼を言った。

「すばらしい品をいただいて——」

すると、秀蘭が梨生の言葉をさえぎった。

「主簿さまの箱は空《から》ですわ」

「え？」

梨生が驚くと、秀蘭はころころと笑った。

「冗談です。中をごらんにならずに礼をおっしゃるものだから」

「これは失礼しました」

梨生は口早に詫《わ》びて、箱を開けた。

中には、緑色の石で彫られた三枚の笹が入っていた。

「てっきり同じものだと思い込んでいました。これは、また美しいですね」

梨生の称賛《しょうさん》に、恵陽が深くあごを引いた。

「この笹は、隣県の職人に作らせたものなのです。県境に、それは見事な竹林がありましてね。近くの山からは、よい石が出ますし、腕のいい職人が多いものですから、ときどき買い付けに行くのです。竹林を管理しているのは、小さな寺の僧たちで——」

「その寺というのは、清照寺《せいしょうじ》ですかな？」

開武が問うた。

清照寺というのは、梨生が女の遺体を運んでいった――首なし遺体の倒れていた寺の名前だった。

寺の名前を耳にした恵陽は、ぱっと顔を輝かせた。

「ご存じでしたか。買い付けの帰りには、寺に泊まらせてもらい、早朝の竹林を散歩するのが楽しみなのですよ」

「竹林ですか」

開武が、ふっふと笑った。

梨生は、いやな予感がした。

まったく酔っているようには見えないが、実際のところ、開武は泥酔《でいすい》に近い状態なのかもしれない。そうでなければ、首のない遺体が出たという話などするはずはない、と思ったのだが。

「あの寺の竹林では、たいへんな事件がありましてな」

とたんに恵陽の顔が曇《くも》った。

「事件とおっしゃいますと？」

「開武どの」「首なし遺体が出たのです」

制止する梨生の呼びかけと、開武の言葉が重なった。

声の大きさでは、すこし開武が勝っていた。

そのせいで、周囲の人々が、梨生たちのほうに視線を向けてきた。

実際に検死をする梨生からすれば、生々しくも重い現実そのものなのだが、すくなからず酒の入った人々は、ただ『首なし遺体』という言葉に扇情《せんじょう》され、単純に興味をそそられるのだろう。

梨生にしても、主簿にならなければ、『首なし遺体』という単語に興味を引かれたはずだ。いまとなっては、まだ解決していない事件なのだから、この場で話すべきではない、と自分を戒《いまし》める気持ちのほうが強かったけれど。

困ったことに、開武の口は滑らかだった。

「すこし前のことですが、梨生どのが女の遺体を寺に運んでいきましてね」

「その女というのは？」

恵陽が尋《たず》ねた。気に入りの寺で変事が起きた、という情報には顔を曇らせた恵陽も、特異な殺人事件となれば、野次馬的な好奇心を禁じえないらしい。

身を乗り出した恵陽の肩を、顔をしかめた秀蘭がそっと押さえた。

「あなた。お祝いの席ですよ」

「……うん。だが、気になるじゃないか」

恵陽が、視線で開武に同意を求めた。

開武は深くうなずき、問いに答えた。

「秋のはじめ、駆け落ちをしていた女が、相手の男に殺されたのです。男が、金に困って、女の持ち物を勝手に売りましてね。そのことを詰《なじ》られ、女をくびり殺した末に、運河《うんが》に投げ込んだんです」

「……ひどいことをしますな」

「まったくですよ。まあ、さいわい男はすぐに捕まり、州の獄《ごく》に送られました。女の身元も、すぐに判明したんですがね。家族が遺体の引き取りを拒否したもので、梨生どのが寺へ運んだってわけです。ところが、翌朝、寺の竹林で、今度は男の首なし遺体が見つかりました。いったんは、遺体を県庁に運んで、梨生どのが検死をしたのですが、……また寺に運ばれましてな」

「埋葬《まいそう》するために？」

「そうです。いつまでも県庁において、腐らせるわけにはいきませんからな」

「開武どの」

なんとか制止しなければ、と梨生はいささか荒く開武のひざを叩《たた》いた。

ところが、恵陽が梨生に向かい、強い調子で問うてきた。

「遺体の首は見つかったのですか?」

「……いいえ」

「凶器は?」

「……それも、……見つかりませんでした」

「そうですか。しかし、犯人はなぜ、男の首を切ったのでしょうね?」

「さあ、わたしには……」

梨生は言葉を濁《にご》した。

そこに、開武がたたみかけた。

「梨生どのは、男が前科者ではないか、と考えているようなのです」

開武どの、と梨生は心の中で叫んだ。けれども、もう止めようがない、とも感じていた。よもや、酔った開武の口がこれほど軽くなるとは、予想もしなければ知りたくもない事実だった。

もっとも、事件のことを他人に話してはいけない、という決まりはない。それが明らかな当事者である場合、罪に問われる可能性はあるが、恵陽たちは当事者ではない。しかし、逆に言えば、当事者がだれなのかわからない事件では、万人に当事者になり得る可能性がある、と考えるべきだ。酔ってさえいなければ、開武もこの考えに賛同してくれただろう。

だが、いまの開武は、ただの酔っ払いだった。

「前科者は、顔に刺青があります」

「なるほど。……それで、牢城に？」

恵陽が、また梨生に問うた。

梨生は、空を飛んで逃げたい気持ちになった。

「……あまり詳しいことは――」

言えない、と答えることを拒否しようとしたとき、恵陽の横にいる秀蘭が、ひどく青い顔をしていることに気がついた。

梨生は、言葉を切り、そっと秀蘭に尋ねた。

「ご気分が悪いのですか……？」

すみません、と秀蘭は震える声で応じた。

「人さまが殺された話は、どうも……。いろいろなことを考えてしまいますもので……」

「こりゃいかん」

開武が叫び、手荒く恵陽の腕を叩いた。

「ご主人。奥方を」

「はい。では、すこし失礼を」

恵陽が詫び、秀蘭に手を貸して立たせ、部屋の隅に控えていた使用人に託《たく》した。すぐさま秀蘭の侍女《じじょ》と思《おぼ》しき女がやってきて、秀蘭を部屋から連れ出した。

秀蘭は、ふらつきながらも、来客たちに一礼を残して立ち去った。

「……どうしたのかな」

心配そうに妻を見送った恵陽がつぶやく。

「こんなことは、めったにないのです。ああ見えて、なかなか気丈《きじょう》なところもありまして……」

「お疲れが出たのでしょう」

梨生は、いたわりを込めて言った。

恵陽が息をつき、頭を掻いた。

「首のない遺体が出たと言われ、つい好奇心に駆られましたが、殺人の話など、女性《にょしょう》は聞きたくないものでしょうね」

「奥方は、普段からそういう話が苦手でいらっしゃるのですか？」

梨生の問いに、恵陽はあいまいな笑いをこぼし、また息をついた。

「そう言われますと、……よくわからない、と答える他はありません。妻は、あまり自分からは話さないのです。いつもにこにこと私の話を聞いてくれますが……。……話せ、と勧《すす》めたほうがよいのでしょうか？　それとも、無口な性質《たち》だと思い、もっと普段の反応に注意するべきなのでしょうか？」

「……それは、奥方と直接、話し合われるべきだと思いますよ」

　梨生の勧めに、開武が深くうなずいた。

「われわれは独身者ですからな。現実の奥方がいるだけ、恵陽どののほうが『上級者』。教えを請うべきは、むしろこちらのほうです」

　恵陽は、力ない笑みをこぼした。

「……私は無粋《ぶすい》な人間で、なかなか良縁に恵まれず、五年前に嫁に来てくれた妻が、……その、私にとっての宝なのです」

「いやいや。うらやましい話ですな。奥方を宝と言える男が、この世にどれほどおりますことか。これから先も、お二人は手をたずさえて、人生の荒波を渡っていかれるんでしょうな。いやいや、まことにうらやましい」

　開武が、大げさなほど何度もうなずいた。

　もう限界だ、と梨生は思った。

『うらやましい』と言われた瞬間には、ほころんでいた恵陽の顔も、途中からは苦笑いに変わっている。

開武には、そろそろ眠ってもらうべきだ。すぐに眠らなくても、他人と話せない状況に置くことが開武のためだ。たとえ、酔っぱらいとはそういうものだ、と恵陽や世間が認めてくれたとしても。

「恵陽どの。図々しい話なのですが……」

「そろそろお疲れになられましたか？」

恵陽が、すぐさま梨生の意図を汲《く》み、かるく手を叩いて使用人を呼んだ。

やってきた使用人に用件を申しつけ、恵陽は梨生たちに視線を返す。

「お部屋は用意してございます。どうぞ、ごゆっくりお休みください。明日は、ご希望のありますころに、朝食の準備をさせていただきます。その他のことも、なんでもこの者にお申しつけください」

「世話をおかけします」

梨生は恵陽に礼を言い、開武をうながして立ち上がった。

開武は、存外にあっさりと従った。あいかわらず、動作だけ見れば、完全な素面《しらふ》だ。

これなら家に帰ることもできるのではないか、と梨生は思った。

しかし、その考えは、部屋を出た瞬間に否定された。

開武が恵陽の使用人に言ったのだ。

「すまないが、部屋にもすこし酒を運んでくれないか？」

「承知いたしました」

若くて小柄な使用人は、にこやかに応じた。

それから、小さな明かりを手に、梨生たちの足許《あしもと》を照らして歩きだした。

「あいすみません。庭を横切りますので、足許にお気をつけください」


建物を出ると、ひやりとした外気と夜の闇《やみ》が、心地よく体を包んだ。

梨生は深呼吸をして、使用人の案内に従った。

使用人が最初に言ったとおり、客室のある場所まで行くには、広い中庭を横切らなくてはならなかった。

庭には、いくつもの灯がともされており、趣向を凝《こ》らした庭木や岩を幻想的に照らし出している。闇の向こうから水音が聞こえ、灯に惑《まど》わされたのか、小さな鳥のはばたく音が暗い空の彼方《かなた》へと遠ざかっていった。

開武は無言だった。

だから、梨生も静寂《せいじゃく》を楽しんだ。

静けさの中で、夜のそぞろ歩きを楽しめるなど、大家の住居の庭でもなければ、なかなか味わえない贅沢《ぜいたく》だ。

——泊めてもらうことにしてよかったな……。

梨生は、恵陽の粋《いき》な計らいに感謝した。

途中からは、建物をつなぐ回廊《かいろう》に入り、明かりの下を歩く。

ときおり、着替えと思しき衣服や盆を手にした使用人とすれ違った。宴会から引き続き忙しく働いているだろうに、だれもが皆、にこやかに梨生たちに挨拶をした。

たしかに、秀蘭は恵陽の宝なのだろう、と梨生は感心した。

もちろん、使用人の質がいいのは、彼らそれぞれの気質にもよるはずだが、にこやかに働ける『職場』の雰囲気を作っているのは、女主人である秀蘭だ。

気持ちの良い歓待《かんたい》を受けた客たちは、また恵陽の屋敷を訪ねたいと思うだろうし、そのためには恵陽との取引を続ける必要があった。

三つほどの建物を回り込み、敷地のかなり奥まで歩いた梨生たちは、小ぶりな部屋が連なる、横に長い建物へと案内された。

その建物の一室に通されると、中は三間続きの落ちついた空間だった。

「すぐに、お酒をお持ちします」

使用人が出ていくと、開武は椅子にどっかりと腰をおろし、梨生は奥の部屋へと入ってみた。奥の二間は、どちらも寝室だった。宴席を離れて、なお酒を酌《く》み交わしたい客たちが、酒盛りのあとは、おちついて別々の部屋で眠れるように、という配慮だろうか。

寝室の窓からは、建物の裏手に造られた小さな庭が見えた。

こちらの庭には灯がなく、各部屋の窓から漏《も》れ出る明かりで、ほのかに様子が知れる程度だったが、それでも庭に出てみた客人がいるらしく、窓の近くにそびえる木の下に、ぼんやりとではあるが、人影がたたずんでいた。

否《いな》――。

ちがう、と梨生は叫びそうになった。

木の下にいるのは、生きた人ではない――幽鬼《ゆうき》だ。

窓から身を乗りだして目を凝らせば、青ざめてうつむく幽鬼の顔には刺青があった。

その幽鬼――背の高い男は、県境の寺の竹林で発見された首なしの遺体と同一人物だった。

「……どういうことだ？」

梨生は窓にかじりついたままつぶやいた。

幽鬼がこの庭にいるということは、殺された男の体の一部が、この庭に埋まっているということだ。

「だが、なぜ、ここに……?」

よもや見まちがいでは、と梨生は再度、身を乗りだした。

直後に、背後から肩を叩かれ、体の均衡《きんこう》を失って窓の外に落ちた。

とっさに窓枠を強くつかみ、顔からの落下は避けたが、斜めに落ちて、したたかに右肩を打ちつけた。

痛みと衝撃に襲われ、しばらくは動けない。うめきつつ、なんとか立ち上がると、窓の向こう——部屋の中には、開武と案内役の使用人の姿があった。

「梨生どの。どうしたんだ。……酔っているのか?」

開武が、心底から心配そうな口調で問うてきた。

使用人は、窓を乗り越えて庭におり、遠慮がちな手つきで梨生の衣服についた泥を払った。

「おけがはありませんか?」

「うん。だいじょうぶだ」

梨生は答え、ちらとまた幽鬼に目を向けた。

幽鬼は、先ほどと変わらず、木の下にたたずんでいる。

その足許には、彼の首が埋まっているのだ、と梨生は確信した。

けれども。

すぐさま土を掘り、首を取りだすわけにはいかない。

そこに首がある、と梨生が知っていること自体が不自然だ。

偶然を装《よそお》うにも、深夜に他人の家の庭を掘る理由を思いつかない。

そもそも、その首は、だれが埋めたのか？

その点を明らかにしておかなければ、首を掘り出したとたん、相手に逃げられてしまい、すべてが振り出しに戻る、という危険もあった。

――どうすればいいだろうか……？

「梨生どの？」

迷う梨生に、開武が怪訝《けげん》そうな声音で呼びかけた。

「頭でも打ったのか？　それとも、腰を傷《いた》めたか？」

「あ……、いいえ。……すこし肩が痛いだけです」

答えた梨生に、使用人が建物の右奥を示した。

「あちらから、お部屋に戻れます」

「ありがとう」

——そうだな。いったん部屋に戻ろう。

梨生はうなずき、使用人のあとに従い、建物を回り込んで部屋に戻った。

梨生が落ちた小さな庭——首が埋められた庭は、恵陽の邸宅のもっとも奥にあり、邸宅を囲む外壁に接していた。けれども、手入れの利便性のためか、庭自体に出入りすることは、万人に可能な状態にあった。


恵陽《けいよう》の屋敷から帰宅した梨生《りせい》は、数日、待った。

羅景星《らけいせい》——と目《もく》される男の首が、恵陽の屋敷の庭に埋められていることはわかったが、首を埋めたのはだれなのか、その人物が景星を殺したのかなど、詳細はまだ、まったく不明のままだった。

恵陽の屋敷で目覚めた翌朝、恵陽の家族や主《おも》だった使用人や従業員と顔を合わせる機会があったので、窓から落ちた自分の失敗を自嘲《じちょう》するふうを装《よそお》いながら、庭に幽鬼《ゆうき》のごとき人影が見えた、と話してみたが、目の錯覚だろうと笑う者、幽鬼など恐ろしいと怯《おび》える者、梨生が自分の失敗をごまかそうと作り話をしているのだろうと気の毒そうな顔をする者ばかりで、後ろ暗いところのありそうな反応を示す者はいなかった。

——あの場所なら、来客が埋めることもできる……。

梨生は、その事実に嘆息《たんそく》し、そもそも首なしの遺体が羅景星であるか否《いな》かを確かめに行った、心怡《しんい》たちの帰りを待つことにしたのだ。

出発から二十五日後。

梨生が、恵陽の屋敷で幽鬼を見てから五日後に、胥吏《しょり》の王祥《おうしょう》と弓手《きゅうしゅ》が県庁に戻ってきた。

王祥は、梨生の部屋を訪れ、帰庁の挨拶《あいさつ》をしたあと、調査の結果を報告した。

「梨生さまにお預かりした画姿《えすがた》の人物は、羅景星でまちがいありませんでした。景星は、秋のはじめまで新鄶県《しんかいけん》にいて、道観《どうかん》の建築にたずさわっていたそうです」

「……その後は、どこに？」

梨生が声を低めて尋《たず》ねると、王祥はかすかな苦笑をこぼした。

「脱走したようです。……牢城《ろうじょう》への配隷者《はいれいしゃ》といっても、ごろつきあがりではありませんからね。景星が属していた集団は、『おとなしい』とみなされていて、限られた時間なら、自由に買い物へ行くことも許されていたのだとか」

「買い物に出かけて、姿をくらませたのか？」

「はい。これまでは、店の前まで同行するだけで全部が片づいたのに、また面倒な手順を踏まなければならなくなった、と監視役の兵士がぼやいていました。買い物は、兵士の息抜きにもなっていたようで、不満がたまって雰囲気も悪くなった、と」

「景星の姿が消えたあと、監視役の兵士たちは行方《ゆくえ》を探したんだろうな？」

「そう聞きました。……けれど、いい加減な現場もありますからね。とくに凶悪な人物というわけではありませんし、買い物に出ているといっても、日用品を買うための小銭を持っているだけで、逃亡の資金なんかはありません。『愚《おろ》か者が野垂《のた》れ死にするために逃げた』という見方で、徹底的な捜索はしなかったかもしれません。……だいたい、私たちが景星のことを尋ねたとき、対応した武官は、適当なことを言って私たちを追いかえそうとしましたからね。智頊《ちぎょく》さまに、知県《ちけん》の印のついた一筆《いっぴつ》をいただいていなければ、まともにお役目を果たせなかったかもしれません」

「……智頊さまが？」

梨生が驚きに目を瞬《しばたた》くと、王祥はふしぎそうな顔をした。

「そうですよ。……梨生さまがお願いなさったのではないのですか？」

「いや……、わたしはなにも……」

しかし、智頊は梨生が為《な》そうとしていることを察し、先回りして力を貸してくれたのかもしれない、と梨生は思った。

「ありがたいことだな」

「本当ですね」

「ところで、心怡は一緒に戻らなかったのかな?」

はい、と王祥がうなずいた。

「心怡さんは、安吉県《あんきつ》の竹済《ちくせい》に行く、と言っていました」

「安吉県……」

「なんでも、景星が殺人を犯《おか》し、捕縛《ほばく》されるまで暮らしていたところだとか。そこで直接、事件前後の景星のことを調べれば、いっそう梨生さまのお役にたてるはずだ、と」

たしかに、王祥の言うとおりだった。

羅景星が殺された理由や、彼を殺した人間を突きとめるためには、景星を取り巻く状況を、できるだけ幅広く知っておくのが得策だ。

だが、梨生は、心怡に遠回りできるほどの路銀《ろぎん》を渡していなかった。

「心怡とは、新鄶県の現場で別れたのか?」

「そうです」

「だれか、連れはいなかったか?」

ああ、と急に王祥が明るい声を出した。

「連れかどうかはわかりませんが、心怡さんが私たちと話しているとき、離れた場所に女性が立っていましたよ。かなり小柄《こがら》だったので、最初は子供かと思いましたが、よく見ると妙齢《みようれい》の美女でした」

「え……？　小柄な美女……？」

梨生の脳裏を、袁《えん》の事件の裏で動いていた方士《ほうし》の姿がかすめた。袁に人肉しか食べられないように術をかけ、犬に化《ば》けて梨生たちを犠牲者の埋葬《まいそう》場所に導き、袁が捕縛される流れを作った――美しい女方士、董彩華《とうさいか》。

梨生は、無意識に顔をしかめた。

その顔を見て、王祥が心配そうに言った。

「……まさか、心怡さんは、その女性と旅をするために、安吉県へ行く、と言ったのでしょうか？」

「いや……。そんな……ことはない、……と思うが」

わからない――。

梨生の全身から、どっと汗が噴き出した。

袁の事件のあと、彩華のことは心怡に話してあった。心怡は、彩華が黒幕であったことを知らず、犬から人、人から鳥に変じて立ち去った彩華を見て、ひどく驚いていたからだ。

梨生の話を聞いた心怡は、彩華に対して警戒心を持ったようだった。

だから、無警戒に彩華の口車に乗ったり、まして一緒に旅をするとは思えない。

もしも、王祥が見た女性が、本当に董彩華であるならば、心怡は妙な術にかけられたのかもしれない。

――……しかし、心怡はまだ半分、水鬼《すいき》のままだ。いくら優れた方士でも、やすやすと水鬼に術をかけたりできるものだろうか？　それに、王祥どのが見た女性が彩華どのなら、心怡に近づいた目的はなんだ？　……心怡は無事でいるんだろうか？

梨生には、心怡の判断力を侮《あなど》るつもりはなかった。心怡が一人前の大人の男であると認めているし、自分よりもすぐれた部分が多々あると感じていた。

それでも、董彩華という方士は、水鬼である心怡以上に、『信じがたい存在』だった。

――人が、犬や鳥に変じるなんて……。

まるで物語だ。

目の前で、現実に起きたことだから、信じる他はないのだが。

梨生は頭を振った。

――問題は、心怡のことだ。

とはいえ、安吉県の竹済に人をやり、心怡を探すのは現実的ではなかった。

結局は、帰りを待つしかないのだ、と梨生は結論づけた。

そして、ただ心の中で心怡の無事を祈った。

祈りは天に通じたらしい。

梨生が王祥から報告を受けた四日後。

心怡は、梨生が予想もしない速さで帰宅した。

王祥たちが新鄙県を出発する日、安吉県へ向かったのならば、最低でも十日はかかるはずだった。

しかし、心怡は、いぶかしむ梨生をしり目に、まず泉氏《せんし》が用意した食事を二人前、普段の倍の速度で平らげ、渇《かわ》ききった牛のごとく水をがぶ飲みした。

食事を終えた心怡は、手の甲で口許《くちもと》をぬぐいながら、満足そうな顔で言った。

「犬の女に会ったんだ」

「……董彩華のことか?」

梨生の問いに、心怡はかるく天井《てんじょう》を仰《あお》いだ。

「……うん。そんな名前だったよな。……とにかく、袁の甥《おい》と手を組んで、袁を陥《おとしい》れた女だよ。あの女に、新鄙県でばったり会った」

「ばったり……」

「そう。宿屋で祥さんたちと飯を食っているとき、……いや、便所に行った帰りにさ。あっちから声をかけてきて、旦那《だんな》は元気か、と聞かれたんだ。袁の事件では、あの女に旦那が利用されたみたいな形になっただろう？　だから、おれも最初は、相手にしないつもりだったんだ。けど、旦那に悪いことをした、謝りたい、と言うもんだから、ちっとばかりかわいそうになったんだ」

そうだ――と梨生は思った。

心怡は一人前の大人の男だが、底抜けに優しいところがあったのだ。

「それで、彩華どのと話をしたのか？」

「ああ。旦那は別に怒っていないから、気にするなと言ってやった。そしたら、助言をくれたんだ」

「……安吉県へ行け、と？」

「羅景星のことを、もっと詳しく調べるなら、そうするべきだって。たしかに、あの女の言うとおりだろ？」

「だが、路銀が足りなかったはずだ」

梨生は、責める気持ちはなく、心怡を案じつつ指摘した。

心怡は頭をかいて、息をひとつ吐いた。

「空を飛んだんだ」

「……袁の事件のとき、『颪になった』と話していたが」

「あ、あれとはちがう。犬の女が運んでくれたんだ。罪滅ぼしだと言って。……目の前で、大きな布を広げられて、乗れと言われて、その通りにしたら、布がオレに巻きついた。うわっ、と思って暴れたら、そのときには、もう安吉県の竹済に着いていたんだ」

「……どういうことだ？」

梨生が首をかしげると、心怡は肩をすくめた。

「わかんねえ。竹済に着いたときは、ぽいっと地面に投げ出されて、犬の女はいなくなっていた。……なんか騙《だま》されたみたいな気はしたけど、まあ、運んでくれたんだし、それで罪滅ぼしは終わったんだろう」

「……そうかもしれないな」

梨生は、ほとんど納得せずに同意した。心怡が、彩華を露《つゆ》ほども疑っていないと感じたからだ。実際に、彩華は心怡を安吉県に運んだだけのようだ。それならば、ここで言いがかりめいた追及をする必要もなかった。

それに、心怡の話を聞いていると、本当に彩華が罪滅ぼしのために、すこしだけ力を貸してくれたのではないか、とさえ思えてきた。

そんなふうに、安直に考えてはいけない、彩華のしたことは恐ろしいことだ、と自分に言い聞かせながらも。

「なあ、旦那」

心怡が、心なしか胸を張った。

「オレは、きっちり目的を果たしたぜ。旦那が描《か》いた画姿を持って、羅景星のことを知っているやつを探したら、すぐに何人か見つかったんだ。景星が間借りしていた豆腐屋《とうふや》の主人とか、近所に住んでた大工仲間とかな。そいつらが言うには、ごろつきを殺して捕まる前に、景星には女房がいたんだとさ」

「女房……？　そんな記録はなかったぞ」

梨生は、知人や友人から寄せられた、景星の公式記録を思い返した。

心怡はうなずき、片手で梨生に詫《わ》びてから、また水を一杯飲んだ。

「女房はさ、景星が捕まる数日前に、急に姿を消したらしい。景星は、女房を探していた。絡《から》んできたごろつきを死なせちまったのも、早く女房を見つけようと焦《あせ》っていて、力加減ができなかったせいだろうって、豆腐屋や大工は言っていたんだ」

「それは心配だったろうな」

景星の妻はどこに消えたのか、と梨生が考えたとき、心怡があっさりと言った。

「女房の名前は、陳秀蘭《ちんしゅうらん》だ」

「……なんだって？」

梨生は顔をしかめた。

陳秀蘭——宝石商の王《おう》恵陽の妻の名だ。

梨生は、首なし遺体のことを調べはじめてから、彼女には何度か会っている。楚々《そそ》として控えめだが、夫をたしなめることもある賢婦人《けんぷじん》だ。

少なくとも、梨生の目には、そう映っていた。

「同姓同名の別人ということは——」

「そりゃ、まあ……。そういう可能性もあるよな。残念ながら、オレは『陳秀蘭』の画姿は持っていなかったし、本人かどうかを確認したわけじゃないからさ。……けど」

そう——けれども、だ。

陳秀蘭と羅景星は、どちらも冨陽《ふよう》県の出身なのだった。

「……駆け落ちかな」

心怡が、ぼそりとつぶやいた。

梨生はあいまいにうなずいた。

頭の中には、開武《かいぶ》の言葉があった。

『金持ちの娘と貧乏な男という組み合わせが、いちばん多い』

冨陽県にいるときの景星は、腕のいい大工だった。それでも、名家の娘に求婚することなど望めなかった。

万一、景星がそれを試みたとしても、娘の両親はけっして許さなかっただろう。

だから、二人は手に手を取り合って安吉県の竹済まで逃げて、新しい生活をはじめた。

それまで築き上げてきたものを、すべて捨てて――。

――しかし、秀蘭どのは家に戻った……のか？

景星が秀蘭を探していたというのなら、別れの挨拶はなかったのだろう。秀蘭が景星を捨て、すべてを隠したまま恵陽と結婚したのなら、景星を殺す動機が生じるかもしれない。

たとえば、景星と再会し、不実をなじられたり、逆に、なお尽きぬ恋慕《れんぼ》を語られ、現在の生活を破壊される危険にさらされていると感じた場合は。

しかし、とまた梨生は、自分の考えに反論した。

秀蘭が、景星を刺し殺したとして、首を切り落としたりできるものだろうか。まして、遺体を県境の寺まで運ぶとなれば、女一人では絶対に無理だ。

――秀蘭どのが殺していない……とすれば。

妻が宝だと公言する夫、王恵陽か？

遺体が見つかった寺は、恵陽の気に入りの定宿《じょうやど》だ。

——だが、そんな場所に、遺体を捨てるというのも……。……まあ、土地勘《かん》はあるだろうけれど……。

「うーん……」

梨生がうなると、心怡がけろりとした顔で提案した。

「聞いてみたらどうだよ、旦那？」

「ん？　だれに、なにを？」

「秀蘭奥さまに」

「羅景星を殺したか、と⁉」

梨生が驚いて声を上げると、心怡は呆《あき》れたように顔をしかめた。

「ちげーよ。んなこと聞いて、はい、殺しました、なんて言うわけねーだろ」

「あ……、駆け落ちのことか」

「そうだよ」

やっとわかったか、と言いたげな口ぶりで断じた心怡は、はーっ、と深い息をつき、頭を掻《か》きながら言葉を継いだ。

「頭も人柄《ひとがら》もいい旦那が、なんで主簿《しゅぼ》に任命されたか、なんとなくわかるような気がするぜ」

「……そういう成績だったからだよ」

「そうだろうともさ。……ま、オレを助けてくれた旦那は、まさに!!　そういう旦那だからな。別に文句はないんだけどさ」

心怡が自分の胸の前で腕を組み、自分の言葉に強くうなずいた。

「……申しわけない」

梨生は詫びた。謝罪の大半は、自分の察しの悪さに対するものだった。


心怡が戻ってからの数日間、梨生は行動を起こさなかった。

秀蘭を訪ねて、景星のことを尋ねても、まっとうな答えが得られる自信がなかったのに加え、彼女は景星殺しに関係ない、という確信に似た予感があった。

彼女は、夜の庭で梨生が見たという『幽鬼のごとき人影』に、まったく恐れを表さなかった。あえて無関心を装っているふうもなかった。なにかを見間違えられたのでしょう、とやわらかく言った。

もしも、あの反応が演技なら、彼女は稀代《きだい》の悪女といってもいい。

けれども。

秀蘭は、悪女には見えなかった。

——まあ、わたしは女性を見る目がないようだが……。

梨生はひそかに自嘲する。婚約者には逃げられ、董彩華には騙された。だから、秀蘭にも騙されているのかもしれない。

だとしても、正面きって屋敷を訪ね、直接、秀蘭に問うのは気が引けた。

仮に、秀蘭が、景星の妻の『陳秀蘭』だとして、それを暴くことになんの意味があるのか。彼女が、景星殺しの犯人でなければなおさらだ。

おそらく、夫の恵陽は、秀蘭の過去を知らない。梨生にしても、恵陽の耳に入れる気はないが、そもそも秀蘭は自分の抱《かか》えた秘密に触れられることを嫌がるだろう。

梨生は気が重かった。

だが、行動を起こさなければならない瞬間が訪れた。

智項が、一緒に恵陽の別邸を訪ねるように、と言ったのだ。

今回は、秀蘭の母の英香《えいこう》からの招待で、ぜひ梨生にも同席してほしいとのことだった。

「どうして、英香どのがわたしを？」

梨生は思わず尋ねた。

恵陽の上客であり、知県でもある智項が招かれるのはわかるが、梨生は一介の主簿だ。

宝石も、高級木材も買わない。

「独身だからじゃないか？」

智頊は、笑いながら疑問形で答えた。

「妻を迎えれば、宝石と高級木材が両方、必要になるだろう」

「……なるほど」

梨生は納得し、指定された日の夕刻に、心怡をともない、智頊とともに恵陽の別邸に向かった。没落《ぼつらく》した貴族から買い取ったという邸宅は、郊外の小高い丘の上にあり、恵陽の本宅に比べればかなり小さかったが、主《あるじ》の居宅《きょたく》と客用の宿泊棟《とう》、宴会用の棟《むね》に加え、すこし離れた場所には、月見のための高楼《こうろう》も備えた、少人数で楽しむには充分すぎる造りになっていた。

梨生たちを出迎えたのは、秀蘭と英香、それに心怡を牢城に連れていってくれた恵陽の使用人、高保《こうほ》だった。

「恵陽どのは、残念ながら所用で同席できないそうです」

英香が説明し、梨生たちを宴席に案内した。秀蘭は同席せず、英香が梨生たちに酒食をふるまった。

英香は、話術が巧《たく》みだった。

梨生たちは、英香の苦労話にほろりとさせられたり、重なる偶然の妙が織りなす思いがけない結末に笑わされたり、自分たちの経験譚《たん》を語らされたりした。明らかに、恵陽とは好みのちがう料理は、美味ながらも塩気が強く、対照的に甘みの強い酒は、予想を超える速さで酔いをもたらした。

――これでは酔いつぶれてしまう……。

どうぞ泊まりで、と先日と同様の誘いを受けてはいたが、梨生は秀蘭に事実を確認し、今夜は帰宅するつもりでいた。

しかし、それも、もう困難だ。

せめて、まともな意識を保てているうちに、と梨生はいったん宴席から離れ、秀蘭を探した。

途中で、よからぬ考えの酔客が、節度ある女主人の尻《しり》を追いかけているようだと思い至り、質問は翌朝に持ち越そうと考えたが、運のいいことに、建物を結ぶ回廊《かいろう》の中ごろで秀蘭と行き合った。

ここならば、妙な疑いをかけられることもなく、かつ、使用人に立ち聞きされる心配もない。

「秀蘭どの」

「なんでしょうか?」

梨生の呼びかけに、秀蘭はあくまで客人に対する愛想《あいそ》のよさで応じた。

けれども、秀蘭の表情は、すぐさまこわばった。

梨生は、それを予想しつつ問うたのだ。

「羅景星という男のことを、ご存じではありませんか?」

「……それは……」

秀蘭が言葉に詰まった。梨生はたたみかけた。

「冨陽で大工をしていた男です。新鄙県に居《きょ》を移し、そこで殺人の罪を犯して――」

「え……っ⁉」

秀蘭は真っ青になって声を上げた。

「いま、なんとおっしゃいました? ……殺人……と?」

「はい。そう言いました。……故意ではなく、事故ですが」

「……いつごろのことですか?」

「およそ五年前のことです」

秀蘭の動揺ぶりに、自身もかるい動揺を覚えながら梨生は答えた。

答えを聞いた秀蘭は、固く握った右の拳《こぶし》を自分の口許に押し当て、その拳の震えを抑えるように、左手で右の手首を強く握った。握りしめる力が強すぎて、拳が血の気《け》を失い、白くなっていた。

「本当に……？」

「残念ながら事実です」

「……景星さんは、……どうなったのですか？」

「顔に……刺青《いれずみ》を彫られて、牢城に配隷されました」

「どこに……」

いいえ、とつぶやき、秀蘭は柱にもたれかかった。その動きが、まったく無造作で危険に満ちていたので、梨生は手を貸して、秀蘭を近くの庭の石造りの椅子に腰かけさせた。

秀蘭は、しばらく手で顔を覆《おお》い、頭を伏せていた。

梨生は黙ってそばに立っていた。

秀蘭を一人にしてやりたい気もしたが、日をあらためて話の続きをするのは、それも残酷なように思えた。

それにしても、驚いたのは、秀蘭が景星の起こした事件を知らなかったことだった。もちろん、遠方にいれば、耳に届かない事件などいくらでもあるが、景星と秀蘭のあいだには、特別な因縁《いんねん》があった。

あるいは、秀蘭は、意図的に景星の状況を聞くまいとしていたのかもしれない。もう自分には関係のない人間だからか。それとも、別れた夫への恋慕を断ち切るためか。

「……だいじょうぶですか？」

梨生は、そろりと秀蘭に尋ねた。

秀蘭は、ゆっくりと顔を上げ、驚くほど澄んだ目で梨生を見た。

「梨生さまは、なぜ景星さんのことをお尋ねになったのですか？」

「……景星さんが、事件を起こす以前に、『陳秀蘭』という女性と結婚していた、と聞いたものですから」

「それは、私です」

即座に、秀蘭が断言した。

「私です。私は、『羅景星』の妻でした」

「……そうですか」

あまりに明快な返答に、梨生のほうがとまどった。

これから、どんなふうに話を進めていけばいいのか？

しかし、迷う必要はないのだ、とすぐに気づいた。秀蘭は、景星が殺人を犯したことさえ知らない。そんな状態では、景星を殺すことも、まして首を切り取り、遺体を竹林に運ぶことも不可能だ。

秀蘭は、事件には無関係――。

そう結論づけた梨生の耳に、真冬の朝のごとく冴《さ》え冴《ざ》えとした秀蘭の声が突き刺さった。

「梨生さまは、……なぜ景星さんのことを調べておいでなのですか？」

梨生は、すぐには答えられなかった。

景星が殺された、と伝えることに、ためらいを覚えた。秀蘭が、まだ景星を愛しているように思えたのだ。

あくまでも、梨生が抱いた印象にすぎなかったけれど。

「……それを聞いて、どうするのですか？」

つい、梨生は問いを返した。

秀蘭は目を瞬《まばた》き、自嘲気味に笑った。

「なにもできませんわね……。……でも、知りたいのです」

秀蘭の声が懇願《こんがん》の響きを帯びた。

梨生は観念した。

事実が秀蘭を傷つけるだろう、という予感と危惧《きぐ》はあった。それが、ためらいを覚えた主《しゅ》たる理由だった。

だが、自分は秀蘭を尋問《じんもん》しているわけではない、答えてくれた相手の問いを無視するのは、あまりに公正さに欠ける対応のような気がした。なによりも、景星のことを知りたがる秀蘭の気持ちが、心に沁《し》みてきた。

梨生には妻はいないけれど、陽《よう》や泉氏、心怡が同じような立場に置かれたら、自分もきっと知りたいと思うはずだ。

それでも、なおためらいは消えなかった。

そのせいで、梨生の言葉は滑《なめ》らかさを完全に失っていた。

「事件が……ありました。……その事件では、……被害者がだれなのか、すぐにはわからない……状態でした」

「……まさか、……首のない……？　先日、宴席で話していらした……？」

かすれた声で問いつつ、秀蘭の顔は、見る見るうちに蒼白《そうはく》になっていった。

そうです、とは、梨生は言わなかった。代わりに説明を続けた。

「ひょんなことで、被害者の身元を特定できまして、……身内の方々を探しました。そのときに、あなたの名前が出たのです。景星さんには、『陳秀蘭』という妻がいた、と。

……お二人の出身地も同じでしたし、よもやと思ってお尋ねしたのですが――」

「……それは、景星さんを、……どこに埋葬するかという問題で？」

「いいえ。もちろん、彼の遺体を引き受けてくれる家族がいればいいのですが、……わたしは、彼を殺した犯人を探しているのです」

「県尉《けんい》の開武《かいぶ》さまとご一緒に？」

いいえ、と梨生は、また首を横に振った。

「現時点では、わたしが個人的に調べています。……景星さんの身元を知った経緯《けいい》が、公《おおやけ》にはできにくいものでしたので」

「……では、景星さんを殺した犯人を捕まえることはできないのですか？」

「そんなことはありません。もっとよく調べて、犯人や殺害方法の目星がついたら、すべてを開武どのに伝えて、正式な捜査をしてもらうつもりです。……時間はかかっていますが、景星さんの命を奪った人間は、きちんと罪の報《むく》いを受けるべきですから」

「でも、……まだ、だれが景星さんを殺したか、おわかりではないのですね」

「……すみません」

梨生はうなだれた。

秀蘭は、ゆるく首を左右に振った。

「詫びていただく必要などありませんわ。……梨生さまは、景星さんのために働いてくださっているのですもの。……私は、景星さんのもとを去った女です。……景星さんの消息を教えていただけただけでも感謝しています」

秀蘭が立ち上がり、梨生に向かって頭を下げると、流れるような動きでその場を立ち去った。

梨生は、やるせない気持ちで彼女の後ろ姿を見送った。


宴席に戻った梨生は、中座の非礼を詫びて、ふたたび会話の輪に戻った。気分が落ち込んでいて、智頊たちに不愉快な思いをさせるのではないか、と心配していたが、梨生の不在時に智頊たちの話は弾《はず》んだらしく、二人はさほど梨生のことを気にせず、満足そうな笑顔で会話を続けていた。

やがて、智頊が笑みを消さぬままに言った。

「ああ、ひさしぶりに楽しい時間を過ごさせていただいた」

すると、すかさず英香が応じた。

「こちらこそ、お越しいただき、ありがとうございました。お部屋にご案内させていただきますので、ごゆっくりとお休みください」

「世話をかけて申しわけないな」

「お二人がお越しくださったという事実だけで、恵陽どのは万金を得たも同然ですから」

英香が、どぎつい言い方で、智頊の言葉を退《しりぞ》けた。

商人らしい発想に、梨生は苦笑し、智頊は声をたてて笑った。

「官吏《かんり》を、あまり図に乗らせるべきではないと思うが」

「図に乗るお方かどうかはわかりますので」

どうぞ、と英香が出入り口を示した。

智頊は笑いながら使用人の案内に従う。

梨生も、智頊に続いて宴席を離れようとした。けれども、英香に呼び止められた。

「梨生さまはお待ちください」

「なにか?」

「折り入ってお願いしたいことがあるのです」

英香が、梨生を隣室に招いた。

梨生は英香に従って隣室に入った。

その部屋には、どっしりとした紫檀《したん》の卓があり、六脚ほどの椅子が並べられていた。もちろん、酒宴に使われることもあるのだろうが、なにも置かれていない卓を見ると、もっと事務的な用途にも使われている印象だった。

——商談用かな……。

そう考えたとき、英香が着席をうながした。

「どうぞ、おかけください」

梨生が座ると、英香も梨生の斜めとなりに座った。妙に距離が近く、英香の備えた独特の威圧感もあり、梨生は緊張を覚えた。

「あの――」

「私が、都で手広く商売をしておりましたことは、智頊さまからお聞きになりましたね」

梨生の言葉をさえぎり、英香はやや威圧的な口調で言った。梨生がうなずくと、どこか作り物めいた笑みを浮かべる。

「そのおかげで、大勢の高貴な方や、高い位《くらい》にある方々とも交流があります。中には、とくに親しい方もいらして、個人的な便宜《べんぎ》を図ってくださることもあるのですよ。……たとえば、地方官の人事のような」

「……そうですか」

なんと応《こた》えていいかわからず、梨生は自分ながらまぬけな言葉で応じた。

英香は片眉《かたまゆ》を上げ、しかし、同じ口調を保って続けた。

「単刀直入《たんとうちょくにゅう》に申しあげます。娘に近づかないでいただきたいの」

「秀蘭さんのことですか？」

「ええ」

「……『近づく』というのは、……その、下心を持って、という意味ですか？　それならば、そういう意味合いで、秀蘭さんに近づいたことは、一度もありません」

「……今後も、絶対にない、とは言いきれませんでしょう？」

——そう言われると……。

梨生は考え込んだ。

ない、とは思う。おそらく、ほぼ絶対に。

とはいえ、胸を張って絶対を断言するほど無責任にもなれなかった。

人間は、万事を自分の意志だけで動かせるわけではない。人妻に手出しする気などさらさらなかったが、状況次第で、それを誤解される事態にならないとまでは言いきれなかった。

けれども、英香の問いかけを肯定《こうてい》するわけにもいかない。一方で、『近づかない』と約束するわけにもいかなかった。

「思いあがりかもしれませんが、わたしは恵陽さんを友人だと思っていますし、友人の奥方に邪念を抱く気もありません。第一、秀蘭さんは、わたしごときを相手にするような浅《せん》慮《りょ》な女性ではないでしょう」

ふ、と英香が嗤《わら》った。

「秀蘭は、浅はかで信用できない娘です」

「え……。いや、しかし……」

梨生は継ぐべき言葉を見失った。英香が秀蘭を悪《あ》しざまに言うなど、予想していなかったのだ。

英香は、梨生の動揺ぶりを冷たい視線で見据《みす》えた。

「もう、ご存じなのでしょう？　娘は以前、羅景星という下賤《げせん》の男と駆け落ちをしたことがあります。貧乏暮らしに耐えかねて家に戻り、こうして大家《たいか》に嫁《とつ》ぎましたけれど。……当然ながら、恵陽どのは、駆け落ちのことはご存じありません。その事実がお耳に入れば、秀蘭は離縁されてしまうでしょう。そうなれば、息子の商売にも障《さわ》ります。……万一、そんな事態になっても、梨生さまは何もおできになれないはず。ですから、羅景星のことは、もう口になさらず、秀蘭に近づくのもやめていただきたいのですわ」

これを、と英香がとなりの椅子の座席から、白い絹《きぬ》に包まれた小さな箱を取りあげて、梨生の前に置いた。

「お約束いただけるなら、どうぞお持ちください」

明かりにしっとりとした艶《つや》を放つ絹の包みを見つめ、梨生は目を細めた。

袁の屋敷での出来事が、鮮やかに脳裏によみがえった。

いりません、と答えることは簡単だった。できれば、そうしたかった。

だが、偽《いつわ》りない心に従うことは、身の危険を招く恐れがあった。

ここは、英香が支配する空間で、梨生を葬《ほうむ》ることも可能なはずだ。もちろん、それは最終手段であり、英香にとってもぜひ避けたい行為であり、そうした気持ちが、金を提示するという行動につながっているはずではあったが。

「……ありがたくちょうだいします」

梨生は、頭を下げて包みを受け取った。

よもや、ここでは人肉を食べさせられることはあるまい。

梨生が約束を守らなかった場合、英香は速《すみ》やかに伝《つて》を使い、梨生を失職させるつもりだと思われた。

「では、部屋に――」

英香が言いかけた、その言葉を、梨生はさえぎった。

「羅景星は、亡くなりました」

「……ええ。知っています」

いまさらなにを、と問いたそうな口ぶりで英香が応じた。

その、気のない一言に、梨生は頭をぶんなぐられたような衝撃を受けた。

竹林で見つかった首なし遺体のことは、開武が恵陽に話してしまった。だが、それが羅景星であることは、まだ公表されていない。

それどころか、羅景星の死そのものが、世間の認知するところではないのだ。

元妻の秀蘭でさえ、その事実を知らずに、驚きで倒れかけた。

それなのに、英香は平気な顔で事実を受け入れた。否、『知っていた』のだ。

「英香どの。あなたは、どうして景星さんが死んだ、と知っているのですか？」

「……そんな気がしただけです」

ぼそりと答えたあと、英香は梨生をねめつけた。

「私を疑っていらっしゃるの？」

「……そうですね。……たったいま、怪《あや》しむべき要素がある、と気づきました」

「要素……？」

「ええ。あなたには、景星さんに死んでほしいと思う理由があった」

言いすぎかな、と言葉を口にした瞬間、梨生はかるい後悔を覚えた。

けれども、英香は鼻を鳴らし、いささか荒い語調で肯定した。

「そうよ。私は、羅景星に死んでほしいと思っていました。あの男は、私にとって、世間知らずの娘をたぶらかして連れ去った大罪人だったのですから」

でも、と英香は、荒い語調のまま自分の言葉に反駁《はんばく》した。

「私は殺していません。もし、あなたが、他人に罪をなするのが得意な官吏だとしても、証拠もなく私を疑うことは許しませんよ」

「……そうですね」

梨生が控えると、英香も声の音調を落とした。

「羅景星の遺体は、どこで見つかったの？　県境の竹林で、男の首なし遺体が出たと聞いたけれど」

「詳しいことは言えません」

「そう。……だけど、その遺体が羅景星だとして、私が一人であの男の首を切り、遺体を遠くの竹林まで運んだとは思わないでしょう？」

「おっしゃるとおりです。しかし、遺体は、別のだれかに運ばせることができます」

「……それは、とても便利で危険な行為ね」

「危険ですか？」

「もちろんよ。だって、人を使うというのは、知られたくない秘密を共有するということよ。その秘密を脅《おど》しに使おう、と相手が思ったら、どうすればいいの？　相手を殺して、さらなる秘密と危険を負うの？」

「……うまいやり方ではありませんね」

「まったくだわ。……私は、そんな愚《おろ》かなことはしないわ」

あなたも――と英香が艶やかな長い爪《つめ》で梨生を指した。

「愚か者ではないことを祈るわ。……羅景星と秀蘭は無関係。もちろん、私と殺人事件もね。それを肝《きも》に銘《めい》じてちょうだい」

「……わかりました」

梨生は包みを持って立ち上がった。

英香が、口頭で梨生の休む部屋を教えた。使用人の案内はなかったが、建物の数が限られているので、迷うということはなかった。

梨生《りせい》にあてがわれた部屋の近くには、智頊《ちぎょく》の気配がなかった。一階の並びの部屋には、灯《ひ》がついていなかったから、二階の部屋で休んでいるのかもしれない。

梨生が部屋に入ると、心怡《しんい》が退屈そうな顔で椅子に座り、なかば眠ったような顔で放心していた。

「んあ……、旦那《だんな》。……お開きかい？」

よだれの有無《うむ》を確かめるためか、掌《てのひら》で口許《くちもと》を触りながら心怡が尋《たず》ねた。

梨生はうなずき、卓の上の水差しの水を一杯飲むと、心怡の向かいに座り、秀蘭《しゅうらん》が景星《けいせい》の妻だったこと、英香《えいこう》に金を渡されたこと、彼女の不可解な発言などを話した。

心怡は、さほど驚いたふうもなく聞いていた。

そして、話を聞き終わると、短い沈黙の末に口を開いた。

「英香って女が殺したんじゃないの？」

「なぜ、そう思う？」

「……だれだって、そう思うだろ？」

心怡が、自信なさそうに疑問形で答えた。

梨生は微笑《ほほえ》んだ。

「たしかにな」

英香の言葉を聞いたときは、殺人の告白をされたに等しい驚きがあった。このうえは、彼女の周囲を丹念《たんねん》に調べていくべきだろう。

だが、英香の反応からは、並々ならない自信がうかがえた。

まるで、本当に、絶対に自分は捕まらない、と信じているような、虚勢《きょせい》ではない確固たる自信が感じられた。

ふ、と梨生の脳裏を、董彩華《とうさいか》の顔がかすめた。

彼女は、なぜ心怡を吉安県《あんきつけん》に連れていったのだろう？

袁《えん》の事件のおり、彩華は梨生をある意味、いいように動かして、自分の都合のいい結末へと事態を導いた。

もしも、今回も同じことをするつもりなら――？

――どんな結末を望んでいるんだ……？

いや、と梨生は、その疑問を退《しりぞ》けた。

――考えすぎだ。彼女を悪者にしたほうが楽だから、わたしはそういうふうに考えようとしているのかもしれない……。

景星の人生に関《かか》わっているのは、秀蘭や英香だけではない。秀蘭に出会う前に、今回の事件のきっかけになるような出来事があったかもしれず、秀蘭と別れたあとに、いさかいの種が生じたのかもしれない。

たんに、行きずりの者の犯行ということさえ考えられた。景星が捕縛《ほばく》された事件のように、からまられてもみ合いになり、激高した相手に命を奪われた可能性もあった。

梨生は立ち上がり、帯飾りを外して卓の上に置いた。

「もう寝よう。これからどうするかを、すこし考えたい」

「おう。……旦那には、帳簿を管理する仕事もあるしな」

心怡がさらりと、すこし気の重くなることを言い、右手にある続きの間《ま》を指した。

「オレは、こっちの部屋で寝るよ。じゃあな、旦那」

「うん、おやすみ」

右手を上げて心怡と別れた梨生は、自身も左手の寝室に移動し、衣服を着替えて床《とこ》に就《つ》いた。


眠りは、すぐに訪れた。

けれども、ねっとりとした重みをともなう眠りだった。

梨生は終始、夢を見ていた。

袁が現れて人の肉を食えと言い、彼が差し出す皿の中から、袁に殺された人々が現れて、自分が受けた苦しみを口々に訴えた。

その中には、首のない景星の姿もあった。

彼は、切り落とされた自分の首を抱《かか》え、梨生のそばを歩き回った。

梨生は、びっしょりと汗をかき、息苦しさにうめいた。

長い――永遠にも思える苦しみの末に、ぱ、と泡《あわ》がはじけるような感覚で、意識を現実に引き戻された。

一瞬、梨生は自分がどこにいるのかわからなかった。

窓からは、皓々《こうこう》たる月の光が差し込んでいる。

おかげで室内の様子はよく見え、ほどなく恵陽《けいよう》の別邸の客室にいるのだ、と思い至った。

だが、息苦しさは去らなかった。

仰臥《ぎょうが》した胸元が、上から押さえつけられているかのような重みを伝えてくる。

梨生は、自分の胸元に手を伸ばした。

その指先に、やわらかな毛皮が触れた。

ぎょっとして首をもたげると、ほのかな月明かりの中に、白い犬の姿が浮かび上がる。

犬は、梨生の胸の上に伏せ、黒く輝く瞳《ひとみ》で梨生を見つめていた。

梨生は、その犬に見覚えがあった。

養老《ようろう》県の県庁に到着した日、少年の頭蓋骨《ずがいこつ》の一部を運んできた犬だ。

菫彩華の変化《へんげ》した白い犬——。

「やっとお目覚め？」

犬が呆《あき》れたような口調で言った。

「……やあ」

梨生は、驚きの中で、かろうじて声を発した。

まぬけだとは思ったが、他に言うべきことを思いつかなかった。

「のんきね」

犬が評した。

「……そうだな」

梨生が認めると、犬は彩華の姿に変じ、ほっそりした指先で梨生のくちびるに触れた。

変だな、と梨生は思った。

いくら彩華が小柄《こがら》でも、胸の上に女性が座っていれば、かなりの重みが生じるはずだ。

しかし、重みは感じなかった。

息苦しさも消えていた。

彩華は、妖艶《ようえん》な笑みを浮かべ、聞き捨てならないことを言った。

「今夜、人が死ぬわ。止めたいなら高楼《こうろう》へ行きなさい」

「……だれが死ぬんだ?」

声を低めた梨生に、彩華がそっけなく答える。

「行けばわかるわ」

「なぜ、それをわたしに?」

「あら、行きたくないのなら、いいのよ。でも、明日の朝、遺体を見たら、あなたはきっと死ぬほど後悔するでしょう?」

彩華の言うとおりだった。

万一にも、本当に人が死ぬのなら。

そして、梨生に、その相手を助ける余地が与えられているのなら。

「高楼へ行くよ」

だからどいてくれないか、と梨生が頼む前に、彩華はもう窓辺《まどべ》に立っていた。

これは夢かもしれない、と梨生は考えた。

それでも、床から起き上がり、彩華のことを気にしながらも衣服を着替える。

帯を締めて、あらためて窓辺を見ると、彩華の姿は消えていた。

——やはり夢か……?

疑いながらも、梨生は寝室を出て、控えの間の心怡に声をかけた。

「高楼へ行かなければならないようだ」

「……………なんだ?」

寝ぼけた心怡の声が聞こえたが、梨生は仔細《しさい》を語らず、先に部屋を出た。

外に出ると、冷たい闇《やみ》と外気が、ひたりと梨生の体に張りついた。

上天には月が輝き、寒気に満ちた小風が、木々の梢《こずえ》をかすかにざわめかせていた。

梨生が彩華と話していたころ。

秀蘭は、英香と高楼で向かい合っていた。

月見のために作られた高楼は、最上階が開放的な造りになっており、腰くらいまでの高さの手すりがある他は、着脱式の屋根を取り付けるための柱が六本ほど立っているだけだ。

柱のそばには、石造りの長椅子が二つ、斜めに向き合う形で置かれていた。

秀蘭と英香は、それぞれが別の長椅子に座っていた。

今夜は、屋根が取り付けられておらず、皓々と輝く月の光が、降りしきる雨のように二人を包んでいた。

秀蘭は、月の光に痛みを感じた。

かつて、景星とともに逃げるとき、同じような月の光を浴びたことを思い出す。

あのときは、景星と別れることなど予想もしなかった。

貧しくとも、互いに助け合い、年を重ねていくのだと信じていた。

それが、いまは、別の男の妻となり、景星の死について、母と話すために高楼に座っている。

この現実に、秀蘭は虚《むな》しさを感じていた。

母は、いつも秀蘭を愚《おろ》かだとなじった。

本当に、そのとおりだと思う。

いつか、駆け落ちの相手に殺された女の話を聞き、あまりの無残さに気分が悪くなったが、実は耳を傾けるべきは、竹林で発見された遺体――景星のことだった。

もっとも、あのときは、遺体が景星であることを、だれも知らなかった。

秀蘭も。

知らないまま、のんきに日々を重ねていた。

そう思えば、これから自分がしようとしていることにも、さほど意味はないような気がする。

事実を知って、何になるのか。

ただ、一人でなすべきことをなし、景星のもとへ行けばいいような気がした。

否《いな》――。

秀蘭は、心の中で自分の甘さを嗤《わら》う。

たとえ死んでも、景星には会えない。

会えるはずがない。

いまの秀蘭にできるのは、事実を知り、その重みを抱えて、自《みず》らの身を処することだけだった。

「お母さま――」

「いい月ね」

英香が、秀蘭の呼びかけをさえぎって空を仰《あお》いだ。

秀蘭はうんざりした。

英香はいつもそんなふうだった。万事を自分の思う方向に動かそうとする。日常的な会話も、秀蘭の人生も。

親は無条件に敬《うやま》うべき相手であり、従うべきだと、世間は女性に求める。

秀蘭も、そういうものだと思っていた。

景星に出会うまでは。

五年前。

英香が秀蘭の居所を突き止め、安吉県の住まいに訪ねてきたとき、秀蘭は帰りたくないと思った。

景星と一緒にいたかった。

けれども、もう限界だった。

秀蘭と暮らすために、景星は住み慣れた冨陽《ふよう》県を離れた。そのために、それまで築き上げてきた名声や人脈を手放した。

安吉県に移っても、景星の腕の良さは変わらなかったが、知る人の一人もいない土地で頭角を現すのは困難だった。景星は下働きからはじめなければならなかった。おまけに、土地柄《がら》ゆえの造形の独特さや、手法の違いなどもあり、新しく覚えなければならないことや、やり方を変えなければならないこともたくさんあった。

景星は愚痴《ぐち》を言わなかった。

いつも、秀蘭に笑ってくれた。

休みの日には二人で魚釣りに行き、祭りの夜には、一緒に行燈《あんどん》をながめて歩いた。

幸せだった。

だからこそ。

秀蘭が耐えられなくなったのだ。

自分の存在が、景星に苦労の多い生活を強《し》いていることに。

秀蘭には、大工の女房もうまくつとめられなかった。少ない材料で食事を作ることや洗濯が苦手だった。賃仕事もできなかった。何度か挑戦したけれど、おっとりとして、丁寧《ていねい》な性格が裏目に出て、雇《やと》い主《ぬし》の求める速度で仕事をこなすことができなかった。

無能であることが苦しく、まともに食事がとれなくなった。景星が、そんな自分のことを案じてくれるのも心苦しかった。いつか景星が自分を見捨ててしまうのではないか、と不安にさいなまれた。

そんなときに、英香が訪れたのだ。

景星は仕事に行って留守だった。

英香は、秀蘭に言った。

『もう充分でしょう。許してあげるから帰りなさい』

母の言葉に、秀蘭は泣いた。わずかな安堵《あんど》と、自分に対する軽蔑《けいべつ》と、景星を案じる気持ちが、とめどなく湧《わ》きあがってきた。

秀蘭は英香にすがった。

おとなしく家に帰るから、景星には手出ししないでほしい、と懇願《こんがん》した。

景星が以前の生活を取り戻すためには、冨陽県に戻るのが最善にして最短の道だが、娘の駆け落ちの相手が同じ土地に戻ることを、英香は望まないだろう。娘の駆け落ちは醜聞《しゅうぶん》だ。その醜聞を隠そうと、英香が金にあかせて景星を害するのではないかと、秀蘭は恐れたのだ。

英香は秀蘭の心配を一笑《いっしょう》に付《ふ》し、手出しなどしないと約束した。

秀蘭は、景星への手紙を残して安吉県を離れた。

実家に戻ると、すぐに縁談があり、王《おう》恵陽のところへ嫁入りした。

恵陽は、かなり年上だったが、優しい男で、秀蘭の立場にも気を配ってくれた。

名家の奥方としてならば、秀蘭も手腕《しゆわん》を発揮できた。

実家からともなってきた高保《こうほ》に、一度だけ景星のことを調べさせたが、彼は臨安《りんあん》に行き、大工として働いている、という報告を受けた。

ならば、もう景星には関わるまい、と心を決めた。

秀蘭自身、恵陽への筋を通したかった。

景星との道は分かたれたのだ、と自分に言い聞かせた。

そして、夫の恵陽を支え、実家の店を継いだ弟にも、再三の便宜《べんぎ》を図った。頻繁《ひんぱん》に訪ねてくる英香をもてなし、よい娘でいられるように努めた。

それなのに。

「高保に嘘《うそ》の報告をさせたわね？」

「なんのことかしら」

英香は、わずかな躊躇《ちゆうちよ》もなく応じた。

いままでの秀蘭ならば、これ以上は話したくないという母の気持ちを汲《く》み、話題を変えるか、会話そのものを打ち切っただろう。

だが、今夜だけは、話の主導権を手放す気はなかった。

「高保は、景星さんが臨安に行ったと報告したのよ」

「だったら、そうなんでしょう」

「ちがうわ。……景星さんは、……事件に巻き込まれて、牢城《ろうじょう》に送られたのよ」

「まあ、なんてこと」

英香が月を見上げて微笑んだ。

秀蘭は、とつぜん膨《ふく》れ上がった怒りに、頭が破裂するのではないか、というほどの痛みを味わった。

「……お母さま！」

「なんなの？」

英香が、面倒くさそうな顔で秀蘭を見た。

秀蘭は声の音調を落とした。

「私は、たしかに愚《おろ》かな娘だわ」

「……そうね」

「そんな私を、お母さまは愛してくださった。とても愛着のある、自分の持ち物を愛するように」

英香が顔をしかめ、怒りのこもったまなざしで秀蘭を凝視《ぎょうし》した。

「おまえは——」

「お母さまは怒っていらっしゃる」

「そうよ。だって、おまえがくだらないことを——」

「私が、お母さまの言いつけに背《そむ》いたから。お母さまは、私が景星さんと駆け落ちしたときから、私を憎んでいて、いまも許してはいないのよ」

英香が眉《まゆ》をひそめ、ほどなく口許を笑いの形に歪《ゆが》めた。

「いったい、なにを言っているの？」

「お母さまに訊《き》きたいことがあるわ。この問いに答えてくださったら、私はもう二度とお母さまに質問したりはしない。私の人生最後の質問よ」

「おおげさな……」

「景星さんを殺したのは、お母さま、あなたなの？」

あなたなの——？

秀蘭の問いを、梨生は高楼の最上階へと続く階段の途中で聞いた。

息を切らして駆けつけたものの、二人の会話の場に割り込むわけにもいかず、足を止め、どうしようかと思案《しあん》しているときだった。

梨生は耳をそばだてた。

秀蘭がなぜ、そんな質問をするのかといぶかしみながら。

まさかと思い、やはりと思う、そんな気持ちに揺れながら。

長い沈黙があった。

梨生は、身を包む寒気に重みを感じた。

英香がいま、どんな顔をしているのか知りたいと思ったが、梨生のいる場所からは、英香の顔はもとより、二人の姿も見えなかった。

長い。

長い沈黙の末に。

英香のかすれた声が聞こえた。

「そうだとしたら？　おまえはどうするの？　ただ知りたいだけ？　それとも、県尉《けんい》を呼んで、私を捕縛《ほばく》させるの？　そうしたいのなら、そうすればいいわ。でも、それは恵陽どのに恥をかかせる行為よ。弟の安時《あんじ》も迷惑をこうむるでしょうね。……それに、私は罪に問われないわ」

英香が言葉を切り、かるく咳《せ》きこんだ。けれども、かまわずに言葉を継ぐ。

「なぜかといえばね、私が犯人だという証拠がないからよ。私は、羅《ら》景星が殺されたとき、冨陽県の自宅からこちらに向かっていたわ。遺体が見つかった寺に立ち寄る時間はなかった。供《とも》の者たちに運ばせたわけでもないわ。疑うのなら、私の使用人たちに聞いてみるといい。私が道中に泊まった宿屋の者たちにでもね。私の連れた使用人は、だれ一人として途中で欠けたりはしなかったわ」

「……そんなことは、どうでもいいのよ」

秀蘭が、清々《すがすが》しさを感じさせる声音《こわね》で応じた。

「私は、お母さまを調べたりしない。県尉さまを呼ぶことも、お母さまを捕縛させることもしない。……させられるとも思えない」

「あら、それは――」

英香が、棘《とげ》のある口調で言いかけた。

梨生は、ひどい焦《あせ》りに駆られていた。

秀蘭の声音は、英香とは別の次元に意識を置いている人間の出すものだった。

その声音を聞いたとき、梨生は彩華の言ったことを理解したのだ。

『人が死ぬ』

すぐさま、残りの階段を駆け上がり、二人の前に飛び出した。

梨生の姿を見た英香は、驚きに目を丸くした。けれども、秀蘭は澄んだ目で梨生を見つめると、英香に視線を返し、悲しみに満ちた微笑みを浮かべた。

「さようなら、お母さま」

「やめろ、秀蘭さん！」

梨生は叫び、秀蘭に向かって手を伸ばした。

彼女の腕を捉《とら》えるつもりだった。

だが、秀蘭は梨生の手をかわし、かろやかに身をひるがえした。ためらいなく手すりを乗り越え、ひらりと宙に身を躍《おど》らせた。

「秀蘭さん！」「秀蘭!!」

梨生と英香は、ほぼ同時に叫び、手すりから身を乗り出した。

月光に照らされ、夜の闇にひらめく秀蘭の裙《くん》が見える。その先は、暗い庭だ。

梨生は身を固くした。

秀蘭の体が、地面に叩《たた》きつけられる音が聞こえるはずだった。

そんな音は聞きたくなかった。

けれども。

絶望的な予感が現実になる直前に。

木陰《こかげ》から走り出てきた心怡が、落下する秀蘭に向かって両手を広げた。

無理だ――と梨生は心の中で叫んだ。

直後、二人がぶつかり、心怡の体がはじけた。

水になったのだ。

秀蘭は、人の形をした水の塊《かたまり》にぶつかり、水しぶきを上げながら地面に落ちた。

梨生は、すぐさまきびすを返し、普段ならば絶対に不可能な速度で階段を駆け降りた。

飛ぶような足取りで高楼を出て、秀蘭たちに駆け寄ると、手前に心怡、その向こうに秀蘭が倒れている。

梨生は、二人が死んでいるか、大けがをしていると思っていた。

しかし、心怡は無傷だった。

すくなくとも、傷を負っているふうはない。

秀蘭も同様だった。

衣服や髪が水に濡《ぬ》れ、意識を失っていたけれど、表情は穏やかで傷もなく、血の一滴も流れ出てはいなかった。

「心怡！　秀蘭さん！」

梨生は、いささかの迷いを覚えつつ呼びかけた。

いますぐ、無理に呼び起こさないほうが、体にかかる負担が少ないだろうか、と考えたのだ。

だが、心怡はすぐさま目を開き、自分のうなじを撫《な》でながら半身を起こした。

「なんだぁ？」

心怡が、寝ぼけたような顔で首をかしげた。

「あ、旦那。奥方はどうなった？　いったい、なにが起きたんだ？」

「……君が、……助けたみたいだ」

たぶん、とつぶやきながら、梨生はあらためて秀蘭の様子をたしかめた。

やはり秀蘭にけがはなく、呼吸も穏やかだ。

梨生は、深い安堵《あんど》の息をついた。

吐ききった呼吸の奥から、心怡と彩華への感謝が湧《わ》いてくる。

疑いながらも足を運んだのは無駄ではなかった。心怡が一緒に来てくれて、本当に助かった――。

けれども、ふと我に返った。

英香の姿がない。高楼の上を仰いでも、手すりから乗り出す彼女の姿は見えない。降りてくる気配もない。いくら梨生より年かさだからといって、娘の一大事にのほほんと月を眺めているはずもない。

「……秀蘭さんを頼む」

梨生は言い置いて、ふたたび階段を早足で上った。

もしかしたら降りてくるかもしれない英香と、ぶつからないように気をつけた。

しかし、英香には出会わなかった。

最上階にも英香の姿はなかった――否、彼女は、手すりのそばに倒れていた。

「英香さん！」

梨生は、英香に走り寄り、うずくまるように倒れた彼女の様子を確かめた。

呼びかけても返事はなく、意識が混濁《こんだく》しているふうではあったが、庭にいる秀蘭とちがい、英香は苦しそうだった。顔面は蒼白《そうはく》で、額《ひたい》にびっしりと汗の粒が浮いている。紫色のくちびるは小刻みに震え、右手は強く自身の胸元をつかみ、丸まった背中が乱れた呼吸に揺れていた。

――まずい……！

梨生は、手すりから身を乗りだして叫んだ。

「心怡！　だれか、手を貸してくれる者を呼んできてくれ。それから、医者を連れてくるように伝えてくれ‼」

「何事だよ⁉」

心怡がわめき、それでも梨生の頼みに応じるため、すぐさま人のいる建物のほうへと走っていった。

梨生は、英香の背をさすりつつ、夜の空を仰いだ。

そこには、白く大きな月が輝いていた。

夜が明けたとき、梨生はどんよりとした疲労感の中にいた。

英香や秀蘭を建物の奥に運んだり、駆けつけた医者に状況を説明したりと忙しく、一睡《いっすい》もできなかったのだ。

もっとも、秀蘭が高楼から身を投げたことは言えなかった。

こんな話は、すぐに尾ひれがついて、嘘《うそ》がまことしやかにうわさされるようになる。それは、うわさ話にうといい梨生にも、容易に想像できた。

だから、使用人や医者には一部、作り話をしなければならなかった。もともと、そういうことが得意ではないので、よけいに疲労感が強まった。

しどろもどろの梨生を見かねて、自身も事情を知らない智項が、説明役を引き受けてくれた。

智項は、犯罪的な口のうまさで、医者や使用人を丸めこんだ。ほどなく、恵陽が駆けつけ、秀蘭が無事に意識を取り戻し、英香も一命を取り留《と》めたという知らせがもたらされた。

恵陽は、梨生たちに朝食を出してくれた。

その朝食を、もそもそと平らげて、梨生たちは自分の家に戻った。


しばらくのあいだ、梨生《りせい》は職務に追われてすごした。

秀蘭《しゅうらん》からの連絡はなく、恵陽《けいよう》の屋敷に招かれることもなかった。

仕事の合間に、梨生は安吉県《あんきつけん》や新鄶県《しんかい》、冨陽《ふよう》県の知人に手紙を書いて、景星《けいせい》のことを調べ直した。そのかぎりにおいては、景星が殺されるほどの恨《うら》みを買っていた様子はなかった。

だが、逆に、英香《えいこう》が景星を殺したという証拠も見つからなかった。

彼女は、景星の遺体が発見されたころ、冨陽《ふよう》県の自宅から秀蘭の嫁《とつ》ぎ先に向かっていたが、途中で寄り道をした形跡がなかった。同行させていた使用人も、最初から最後まで同じ顔触れだった。

景星を殺したのは、英香なのかどうなのか。

確たる答えは出なかったが、梨生は一度、恵陽の屋敷を訪ねたいと思っていた。

英香から受け取った口止めの金も返したかったたし、恵陽の屋敷の庭に埋められた景星の首を掘り出し、体と一緒に埋葬《まいそう》してやりたかったのだ。

そんなある日。

恵陽の屋敷に行こう、と智頊《ちぎょく》に誘われた。

どうやら、臨安《りんあん》にある『富源堂《ふげんどう》』――すなわち英香の店から、以前に注文していた紫檀《したん》の卓が届くらしい。本来ならば、もっと日数がかかるはずだったが、秀蘭の弟の安時《あんじ》の嫁が、英香を引き取りに来るついでに運んでくれることになったようだった。

梨生は、即座に同行を決めた。

できれば、恵陽の屋敷に一泊できる口実を設《もう》けてほしい、と智頊に頼んだ。

梨生たちが恵陽の屋敷を訪ねた日は、朝から雪が降っていた。

白い雪が、あらゆるものを覆《おお》い、見慣れた景色をも一変させている。

恵陽の屋敷も、美しく雪化粧されていた。

池の中の浮島でも、宴会用の広間でもなく、母屋《おもや》の中にある落ちついた一室に通された梨生たちは、香りのよい茶と幾種類かの菓子を勧《すす》められた。

茶をすすりつつ、火鉢《ひばち》で手を炙《あぶ》っていると、商用で出かけていたらしい恵陽が帰宅し、はたき落としきれなかった雪を肩で光らせながら、部屋の中に飛び込んできた。

「お待たせして申しわけありませんでした。いつもなら、馬で通れる橋が、雪のせいで使えなくなっていましてね。到着なさる前に、帰宅する心づもりでいたのですが、本当に失礼をいたしました」

「いやいや、お気になさらず」

智項が、かるく茶器を持ち上げて笑った。

「商売繁盛《はんじょう》は、けっこうなことです。県庁の窓口にも、雪の苦情がいくつか来ていますよ。あまり積もるようなら、牢城《ろうじょう》から雪かきの人手を借りなければなりません」

「そうしていただけると助かります。『富源堂』から運ばれてくる荷物も、到着は夕刻になってしまいそうなのです」

「それはありがたい」

「なぜですか?」

「恵陽どのの家の食事は、拙宅《せったく》のものよりずっと美味ですから」

智項の言葉に、恵陽は笑《え》み崩れた。

「では、腕を振るうように、料理人に申しつけておきましょう」

ところで、と椅子に座った恵陽が、梨生に目を向けた。

「先日は、……と申しましても、もうかなり日数がたってしまいましたが、その節《せつ》は、義母《はは》と秀蘭がたいへんなご迷惑をおかけしました。お詫《わ》びとお礼は、秀蘭が自分でしたいと言うものですから、私は控えておりましたが、なかなか段取りがつかないうえに、秀蘭が風邪《かぜ》をひいてしまいまして」

「それはたいへんでしたね。お加減は?」

梨生が問うと、恵陽はかるく肩をすくめた。

「秀蘭は大事ありません。……しかし、義母の体調がすぐれませんので……」

「英香どのの?」

ええ、と恵陽は息をついた。

「義母も、もう年ですので、だいぶ心臓が弱っているようです。……梨生さまをお招きした日も、心臓の発作を起こしたらしく……。医者からは、なるべく寝て過ごし、安静を守るように言いつけられているのですが、自分で商売を切り盛りしてきた人ですからね。行動を制限されるのが、かなり苦痛なようで、無理をしては具合が悪くなり、まったくの悪《あく》循環《じゅんかん》ですよ」

「そうですか。……わたし、英香どのにお預かりしていた物があるのですが、……お目にかかってお返しするのは無理でしょうか？」

梨生の質問に、恵陽は首をかしげた。

「さあ、どうでしょうか。……ちょっと聞いてまいります」

恵陽が軽やかに立ち上がり、部屋を出ていった。そして、すぐに戻ってきて、安堵《あんど》の表情で梨生に告げた。

「義母も、梨生さまにお目にかかりたいそうですよ」

「ありがとうございます」

梨生は礼を言い、使用人の案内に従って英香の部屋へ向かった。

英香は、すっかり病人の様相で、寝台に横たわっていた。

梨生が部屋に入ると、眼球だけを動かして梨生を見る。血色《けっしょく》のよかった顔は色を失い、きれいに結われていた髪は、艶《つや》をなくして頬《ほお》や首にまとわりついていた。梨生の前に金の包みを置き、秀蘭の駆け落ちについては忘れろ、と強い調子で命じた英香とは、別人のようだった。

「英香どの……」

梨生の呼びかけに、英香は目を瞬《まばた》いた。

それから、ゆっくりと、軋《きし》むような細い息を吐いた。

「……情けないこと」

でも、と英香が自分の言葉に反駁《はんばく》する。

「……ご用の向きはわかります」

梨生はうなずき、金の包みを英香の枕元に置いた。

「これはお返ししても、約束は守ります。……わたしは、ただ景星さんを無残に殺し、遺体を捨てた犯人に、正当な罪の報《むく》いを受けさせたいだけです。秀蘭さんの過去を暴く気も、恵陽どのやあなたのご子息の商売の邪魔をする気もありません」

「……信用するしかありませんね」

英香が、また息を吐き、消え入りそうな声で続けた。

「不本意だけど……、あなたは、秀蘭と私を助けてくださった。……もし、秀蘭が本当に死んでいたら、……いまごろ私の命もなかったでしょう。あの娘は、私があの娘を憎んでいると思っている……。……それは事実だけど、……心からあの娘の幸せを願っている、それも事実だから……」

「……はい」

そういうものかもしれない、と梨生も思った。

感情は思うほど単純ではなく、表裏をなす複数の気持ちからできている。

「……ひとつだけ、教えてもらえませんか？」

梨生は、英香の心臓を案じながら尋ねた。

「羅《ら》景星の首を、この屋敷の庭に埋めたのは、あなたですか？」

英香が目を見開いた。

梨生は、全身から冷や汗がにじみ出るのを感じた。

けれども、英香は発作を起こさず、かすれた声で問い返してきた。

「どうして、それを……？」

「……わたしは、幽鬼《ゆうき》が見えるんです。遺体のそばに、生前の姿で立っている。それが、骨の一部であっても」

「…………まさか」

「本当です」

「……信じられません」

梨生は苦笑した。

「でも、あなたは、……常人には立証できない方法で遺体を処理したのではありませんか？　たとえば、とてつもない力を持つ方士《ほうし》に協力を仰《あお》ぐような。……もし、そのとおりならば、わたしの言うことも、さほど荒唐無稽《こうとうむけい》には感じないのではありませんか？」

長い沈黙があった。

やがて、英香は細くて長い息をついた。

「……あなたも方士？　それとも、あの女の仲間なの？　……いいえ、ちがうわね。仲間なら、こうして金を返しに来たり、私にあれこれと質問をするはずはない」

「おっしゃるとおり、仲間ではありません。……一種の、……その、知りあいですが」

「知り合い？」

「以前、別の殺人事件で……」

ふっ、と英香が笑った。

「よくわからないわね……」

「わたしも同じです。……彼女は奇妙なことをする。以前の事件でも、それで振り回されました」

「……今回も？」

「そう感じていますが」

「でも、そんなにややこしい話ではないわ」

英香が、ふーっと深い息を吐いて続けた。

「……秋のはじめごろ、こちらに向かっているときに、ばったりあの男と出くわしたの」

「あの男というのは、景星さんのことですか？」

「……ええ、そうよ。……あの男は、私の顔を知らないはずだから、同行の使用人の目を盗んで声をかけたの。……近くの廃屋《はいおく》に逃げ込んだ猫を捕まえてほしいと頼んだら、ころよく中に入っていった。……だから、追いかけていって、かまどの下を覗《のぞ》きこんでいるとき、背中を刺したのよ。……とっさのことだった。だけど、……すぐに後悔したわ。あんな場所に遺体を転がしておいたら、たいへんな騒ぎが起きてしまう。あの男が、羅景星だと知れたら、秀蘭のところにも捜査の手が伸びて、恵陽どのに駆け落ちのことを知られてしまうかもしれない。……かといって、私一人で遺体を隠すこともできなかった」

話しているうちに、英香の顔が青ざめてきた。梨生は、もう止めるべきかもしれない、と考えた。

だが、英香は衝《つ》かれたように、声を強めて話し続けた。

「私は途方に暮れた。そのとき、あの女が現れたのよ。背丈《せたけ》の低い、大きな目の女。……まるで、地面から湧《わ》き出てきたように。……気がついたら、私のそばに立っていた」

梨生には、そのときの様子が目に見えるようだった。

夕暮れの廃屋で、男の遺体を前にして悩んでいる英香。そこに、突如《とつじょ》として彩華が現れる――。

「あの女は言ったわ……。遺体を消してあげましょうか、って」

「……あなたは、なんと答えたんです？」

「いいえ、と答えた」

かわりに、と英香が声を細める。

「首を切って、と頼んだの。首だけならば、なんとか運べるから。……それに、首がなければ、遺体がだれのものか、わからないと思ったのよ」

「その……女性は、あなたの言うとおりに？」

英香がうなずいた。

「かるく手を動かしただけで首を切断した。……あまりの手際《てぎわ》の良さに怖くなって、お礼はどうすればいいのか、と尋ねたの。……そうしたら、この首のない遺体をもらう、と答えた。鬼神《きしん》を祭るために使うから、と。……それならば好都合だと思った。邪教は固く禁じられているから、女が表に出てくることはないはずだもの。……だけど、結局、……あの女は、遺体を遠くに捨てただけだったのね」

「……竹林に捨てられていた遺体が、景星さんのものだと、あなたはどうやって知ったんですか？」

梨生の問いに、英香は首を横に振った。

「偶然よ。……世間話として、恵陽どのに聞いたの。よく宿にする寺で、首なしの遺体が見つかった、とね。……そのあとで、あなたが羅景星のことを調べている、と、……高保《こうほ》に教えられた。……それだけよ」

「……本当に、それだけですか？」

梨生は、胸の底から湧いてきた疑問を口にした。

「今回、あなたは景星さんを殺したと認めた。それは、……秀蘭さんのいまの生活を壊す危険があったからですよね？　……では、五年前はどうしたんです？　そんなに危険だと思う相手を放っておいたんですか？」

そうよ、と英香は首を垂《こうべ》れ、独《ひと》り言《ごと》のように答えた。

「私は、なにもしていないわ。だって、あの男が、勝手に人を殺して、牢城《ろうじょう》に入ってくれたんだもの」

本当に――？

梨生は、喉《のど》まで出かかった問いを呑《の》みこんだ。

もしかすると、英香は五年前、人を雇って景星を襲わせたのかもしれない。運がいいのか悪いのか、相手は返り討ちにあい、景星は牢城へ送られた。

だが、もしも英香が、景星の殺害を命じていたとしても。彼女は生涯、絶対にその事実を認めないだろう。

もちろん、すべてが偶然である可能性も、なくはなかったが――。

「……これで満足したかしら？」

脱力したように布団《ふとん》に沈みこみ、深い吐息《といき》とともに英香が尋ねた。

とんでもない、と梨生は強い怒りに胸を痛めた。

景星を殺し、首を切った犯人は突き止めた。けれども、彼女たちを縛《ばく》することも、獄《ごく》につなぐこともできない。

英香たちを苦しめたいわけではないのだ。ただ、彼女たちは罪を償《つぐな》うべきだ。命を奪われた景星にとって、もはやそれ以外の結末はないはずなのに。

英香の部屋を出た梨生は、客間に戻り、恵陽たちと歓談した。

気持ちが沈んでしかたなかったが、客として訪れた相手の家で、憂鬱《ゆううつ》な気持ちをあらわにすることは、大人の男のすることではなかった。

日が暮れ、雪の降り方が激しくなった。

智項が窓辺に行き、秀蘭の弟の嫁の一行を案じる言葉を口にした。

直後。

一行が到着したとの報が届いた。

梨生と智項は、恵陽と一緒に母屋の玄関まで足を運んで、雪にまみれた人々を出迎えた。

先頭にいた若い女が、雪の積もった冪罨《マント》を脱ぐと、髪に挿《さ》した真珠のかんざしが揺れ、ちりり……と澄んだ音をたてた。

女は、まだ幼さの残る顔に笑みを浮かべ、恵陽に向かって頭を下げた。

「お義兄《にい》さま。遅くなりまして、申しわけありません」

「無事についてよかった」

恵陽は、女をねぎらうと、梨生たちに顔を向けて紹介した。

「秀蘭の弟の安時の嫁ですよ」

「桂宣玉《けいせんぎょく》と申します」

女――宣玉が挨拶《あいさつ》し、すぐさま傍《かたわ》らにいた女の冪罨の雪を払った。

「彩華も、お義兄さまとお客さまに挨拶をなさいな」

「ええ、そうね」

女が応じ、冪罨を脱いだ。

梨生は、危うく声を上げげそうになった。

冪罨の下から現れたのは、董《とう》彩華の顔だったのだ。

「私のお友達です」

宣玉が、恵陽に言った。

「養老《ようろう》県に用事があるというから、ご一緒したの。でも、この雪で……」

「ああ、うちに泊まっていただくといい」

恵陽がすぐさま応じ、宣玉は彩華の手をとった。

「よかったわね」

「本当に、ありがとうございます」

彩華が恵陽に礼を言い、宣玉ともども使用人に案内されて奥へと入っていった。主《あるじ》たちの到着の挨拶が終わると、人足《にんそく》たちがしっかり梱包《こんぽう》された卓を持ち込み、雪に濡《ぬ》らさないように注意しながら、梱包を解きはじめた。

「すぐごらんになりたいですか?」

恵陽に問われ、智頊が首を横に振った。

「明日でもかまいません。彼らも、早く作業を終えて温まりたいでしょう」

「では、お二人も奥へどうぞ」

梨生たちは、恵陽に連れられ、ふたたび客間に戻った。

ほどなく、食事の用意ができたと知らされ、別の客間に移動する。

そこには、宣玉と彩華が並んで坐《ざ》していた。


晩餐《ばんさん》の席は、おおいに盛り上がった。

梨生以外の人々のあいだで。

もちろん、梨生も場の雰囲気を崩さないように努めたが、ともすれば彩華の姿を凝視《ぎょうし》してしまい、平静を保てなかった。

そんな梨生を見て、恵陽が指摘した。

「梨生さま。彩華どのが気になるご様子ですな」

「……美しい方ですので」

梨生は、ぎくしゃくした口調で応じた。

宣玉が身を乗り出し、梨生に尋ねた。

「主簿《しゅぼ》さまは独身でいらっしゃいますの?」

「そうですが……」

「彩華も、まだ独り身ですのよ」

うれしそうに言った宣玉に、彩華が抑《おさ》えた声音《こわね》で釘《くぎ》を刺した。

「あら、宣玉。そういう話をするまえに、梨生さまのご両親のことをお尋ねしなくてはね。いくら、良い夫と出会えても、舅《しゅうと》や姑《しゅうとめ》に恵まれなければ、難癖《なんくせ》をつけられて、結局は離縁させられることもあるでしょう。ことを自分の望む形に進めようとして、人殺しを考えるような相手ならば、なおさらよ。それを止めるのは、とてもむずかしいわ」

彩華の言葉に、座が静まり返った。

恵陽も、智頊も、もちろん梨生も、舅や姑に苦労はしていなかったが、普遍《ふへん》的な問題だったからだ。

それに、彩華のたとえは、ひどく恐ろしい内容だった。

皆が黙りこんだのを見て、彩華が笑った。

「ごめんなさい。私はただ、そういうこともある、と申し上げたかっただけよ」

そういうこと――。

梨生は、腑《ふ》に落ちた心地がした。

彩華の依頼人は宣玉で、彼女の望みは、英香が自分を離縁させる力を失うこと。娘の駆け落ちの相手を殺すという、恐ろしい姑の毒牙《どくが》を避けながら。

そのために、彩華は英香を見張り、英香が犯《おか》した犯罪につけこんだ。

――そういうこと……か。

梨生は息をつき、会話の輪の中に戻った。

話題は、結婚から離れ、商売の話へと移っていった。

食事を終えた梨生は、以前に通されたのと同じ客室へ案内された。

部屋の中では、心怡が卓につっぷして眠っていた。

梨生は、持参したつるはしを手に、雪の積もった庭に出る。激しく雪が降り続いているために、灯《あか》りはあまり役に立たなかった。たちまち体に雪が積もり、作業の妨《さまた》げになった。

――これは、日をあらためるべきかな……。

梨生はひるんだ。

けれども、降りしきる雪の中、景星の幽鬼はしょんぼりとたたずんでいる。

――場所だけはまちがえることがない。

梨生は心を決めてつるはしをふり上げた。

それを、雪の上に振りおろす前に、とつぜん雪がやんだ。

否《いな》——。

動きを止めて、周囲を見れば、梨生の周りでだけ雪が降っていないのだ。

梨生のかたわらには、眠りから覚めて出てきた心怡の姿があった。彼を中心にして、大きな半球体の形に、雪が降り込まない空間ができていた。

「すごいな、心怡。君の力か？」

梨生は称賛《しょうさん》したが、心怡は首をかしげた。

「オレは、なにもしてないよ」

「でも、あなたの力よ」

雪のない半球体の外——なお激しく降りしきる雪の向こうから、女の声が告げた。

目を凝《こ》らし、雪を透かすように見ると、そこには白い犬が座っていた。

犬は、黒々とした瞳で梨生を見据《みす》え、心怡に視線を移して笑った。

「あなたは水鬼《すいき》ですものね。雪は、水に溶けるものだわ」

「君は、なにをしにここへ？」

梨生が問うと、犬——彩華は肩をすくめた。

「あなたたちの仕事の終わりを見届けに」

「……景星さんのことが気になるなら、君が掘り出してくれてもいい。簡単だろう？」

いささか嫌味な気持ちで言うと、彩華はまた肩をすくめた。

「私にも、できないこともあるのよ。……話していると、作業の邪魔ね。消えるわ」

そう言うと、彩華の姿は瞬時に消えうせた。

まるで、最初から、そこにはいなかったかのように。

梨生は、つるはしをふるい、心怡とともに骨になった景星の首を掘り出した。

あとがき

こんにちは。

およそ六年前に、コバルト文庫で刊行していただいた拙著《せっちょ》を、このたび集英社オレンジ文庫で再版していただけることになりました。

宋《そう》代は、中国史の中では地味な時代と言われるようですが、とてもおもしろい時代だと思います。その時代を舞台にしたファンタジー、お楽しみいただければ嬉しいです。

再版に際し、編集の方から「あとがきはどうしますか?」とお尋ねいただきました。コバルト文庫の方を読んでみると、猫のことを書いていました。せっかく再版していただけるのだから、「新しく書きたいです」とお願いしたのですが、……何を書こうか、ネタはないか、と自分の身辺を見回したところ、……猫しかいない状況でした。

『いびつな食卓』を書いたのは、およそ七年半前でした。

そして、同時期に、私は八十七匹の猫の多頭飼育崩壊に関わっていました。

ある初老の婦人が、自分は公営住宅に住みながら、車で二十分ほどのところにある小さな家に猫を閉じ込め、餌《えさ》や水を満足に与えずに、繁殖《はんしょく》させていたのです。

他の猫ボラさんたちと一緒に、ひどい猫風邪《ねこかぜ》にかかった子猫たちのケアをして新しい飼い主さんを探し、メス猫の不妊《ふにん》手術をし、家を掃除《そうじ》して餌や水を運び……。

大手の団体さんなら、一気に猫を引き上げて……って感じかもしれませんが、私達には無理でした。

猫たちも猫風邪と猫エイズで、容易には新しい飼い主さんが見つからない状況で、「大人の猫は手放さない」と言い張る婦人の手元に残したまま、環境の改善に尽力していたのですが……。

途中から「猫を盗んだ」と言いがかりをつけられて家に入れなくなり、細々とコンタクトをとったり、差し入れを運んだりしていたところ、昨夏、こちらから連絡した際、「いまいる猫はもういらない。引き取って」と言われましたので、心の中で罵詈雑言《ばりぞうごん》を吐きながら、ノミだらけの十三匹を連れ帰った次第です。いちおう収束しました。

その年の暮れに、この小説の再版のお話をいただき、なんだか感慨《かんがい》深いです。

いただいた印税（まだ獲《と》らぬタヌキ）は、連れて帰ったキジトラくんの喉《のど》の腫瘍切除《しゅようせつじょ》に使いたいと思います。

ここまで読んで下さり、ありがとうございました。

超絶美麗《ちょうぜつびれい》イラストを描いてくださった宵《よい》マチ先生にも、心より御礼申し上げます。

毛利志生子

【参考文献】

『中国の歴史7　中国思想と宗教の奔流　宋朝』　小島毅　講談社
『宋代司法制度研究』　梅原郁　創文社
『宋代の料理と食品』　中村喬　朋友書店
『宋代兵制史の研究』　小岩井弘光　汲古書院
『中国人の死体観察学　『洗冤集録』の世界』　宋慈　雄山閣出版
『汲古選書36　宋代庶民の女たち』　柳田節子　汲古書院
『中国の鬼』　徐華竜　（訳）鈴木博　青土社

（敬称略）

【初出】
コバルト文庫『宋代鬼談　梨生が子猫を助けようとして水鬼と出会うこと』（2016年1月刊）

※この作品はフィクションです。実在の人物・団体・事件などにはいっさい関係ありません。

集英社オレンジ文庫をお買い上げいただき、ありがとうございます。
ご意見・ご感想をお待ちしております。

● あて先
〒101-8050　東京都千代田区一ツ橋2-5-10
集英社オレンジ文庫編集部 気付
毛利志生子先生

宋代鬼談

中華幻想検死録

集英社
オレンジ文庫

2023年3月21日　第1刷発行

著　者　毛利志生子
発行者　今井孝昭
発行所　株式会社集英社
〒101-8050東京都千代田区一ツ橋2-5-10
電話【編集部】03-3230-6352
【読者係】03-3230-6080
【販売部】03-3230-6393（書店専用）
印刷所　大日本印刷株式会社

ISBN 978-4-08-680495-0 C0193